平塚 清徳
HIRATSUKA Kiyonori

純真鬼姫警察署長

交番謎の自殺事件

文芸社

目次

◆主な登場人物

鳴海日奈　：27歳。警視正。新宿中央警察署署長
鳴海共恵　：53歳。日奈の母親
鳴海義男　：55歳。日奈の父親・五星銀行本店融資課長
桐島弓子　：35歳。警部補。新宿中央警察署警務課秘書係長
友永ホノカ：25歳。巡査。新宿中央警察署警務課雑役係
彩　乃　：24歳。巡査。新宿中央警察署警務課雑役係
井沢隼人　：53歳。警視。新宿中央警察署副署長
清水博久　：53歳。警部。新宿中央警察署地域課課長
林　裕司　：49歳。警部。新宿中央警察署刑事課課長
小池源一郎：59歳。警部。新宿中央警察署警務課課長
渡辺道夫　：36歳。巡査長。新宿中央警察署地域課交番勤務
渡辺ゆり子：35歳。渡辺道夫の妻
西村勇輝　：52歳。警視。警察庁刑事局三課課長
石原猛士　：45歳。警部補。警察庁刑事局三課係長
藤崎千広　：24歳。巡査。警察庁刑事局三課職員

最上　忍　　：52歳。警視正。警視庁捜査一課課長
上杉将次　　：43歳。警部補。警視庁捜査一課係長
橋本賢史　　：36歳。巡査長。新宿中央警察署地域課交番勤務
中谷　圭　　：43歳。巡査部長。新宿中央警察署地域課交番勤務
幸　乃　　　：23歳。杉並ＨＡ総合病院呼吸器科看護師

純真鬼姫警察署長

交番謎の自殺事件

第1章　新女性キャリア署長

新宿副都心に所在する新宿中央警察署。

「いよいよ明日よね」

「そう。明日よ。警察庁からウチに来る初めての女性キャリア署長」

「どんな人かしらねえ」

「経歴は凄いわよ。東王大にトップ合格していて、３年の時に司法試験に合格して、４年の時に国家公務員総合職試験を歴代トップの成績で合格しているんだもん」

「それに噂では、物凄く可愛い容姿らしいわ」

「天は二物も三物も与えてるのね。私なんか、一物もないっていうのにさ」

「羨ましいわねえ……しかも、将来は女性初の警視総監に就くのは間違いないって云われてるのよ……私たちとは月と鼈《すっぽん》だわ」

１階の警務課と会計課の内勤女性警官たちは数日前から、寄ると触ると明日就任してくる鳴海日奈警視正の話題に花を咲かせてワイワイ盛り上がっていた。

「こんな凄い噂も耳にしてるわよ」

途中から加わった、口から先に生まれてきて噂話が三度の飯より好物の、丸い眼鏡に丸顔でお

かっぱ頭の友永ホノカ巡査が、眼鏡の奥のたれ眼を輝かせて、

「誤りは正さなければ気が済まない性分で、刑事局長にねじ込んで正させたらしいわ。ほんでもってもっと凄いのは」

と、声色を変えていつもの独演会が始まったタイミングで、
ドスッ！

「痛ーッ！」

ホノカが絶叫して悶絶した。

「あんたたちッ。いい加減にしなさいよッ」

所用で席を外していた秘書係長の桐島弓子警部補が、ホノカのふくよかな丸い尻に膝蹴りを喰らわせて叱りつけた。

目鼻立ちのはっきりした端正な顔と均整の取れた体形で、宝塚の男役と見間違うほどの黒い短髪の男前で、今年の実業団空手選手権女子の部組手と型の両方で優勝した空手アスリートの弓子は、口より先に手が出てしまうが、手加減する優しい気持ちも持ち合わせていた。

「何度も、注意したのだけど……」

定年間際で事なかれ主義のしょぼくれた警務課長の小池源一郎警部が、少しおびえたような眼を向けて、消え入るようなか細い声で釈明した。

弓子は冷ややかな切れ長の眼を向けて、

「頼んでおいた、新署長を迎える準備は終えてるのでしょうね」

と、訊いた。

「も、もちろんだよ、桐島くん。君に云われた通りに綺麗にして、準備万端整えている。なあ、君たち」

「では、今から確認させてもらいます」

弓子は小池課長を一瞥《いちべつ》した後、踵を返して確認に7階の署長室へ向かおうとして3、4歩大股で歩を進めた時に、背後から、

「副署長さんに会わせてください。お願いします」

身重の若奥さん風の女性が、疲れて憔悴し切った表情で、哀願してすがるように声を掛けて近づいてきた。

弓子はあからさまに眉をしかめて困った顔で、

「いい加減に聞き分けてください」

と、云って、

「奥さん……ゆり子さん。あまり副署長を困らせないでください。ゆり子さんの気持ちは痛いほど解ります。私も、副署長も、署の全員が同じ気持ちを抱いています」

渡辺ゆり子を慰めるように優しく諭《さと》した。

3週間前に、管内の桜道交番で渡辺道夫巡査長が、首を吊って自殺した。

3交代の3人勤務の交番で、2人がパトロールに出た2時間余りの間の出来事だった。

遺書はなく、それらしいメモなども残されておらず、渡辺巡査長が自殺した理由が、元女性警官で妻のゆり子にはまったく解らず見当もつかなかった。

弓子とゆり子と渡辺巡査長は警察学校の同期だったこともあり、他の同期たちと自殺した理由の解明をしようとして必死に動いたが、何も解らなかった。

副署長の井沢隼人警視が陣頭指揮を執って、署を挙げて解明に取り組んだが手がかり一つ掴めなかった。

諦めきれないゆり子は、頻繁に副署長を訪ねて自殺の解明を執拗に哀願して、多忙な副署長を困らせていた。

それで、弓子はつい冷たい態度でゆり子に接していた。

「ごめんね、弓子さん。迷惑ばかりかけて……」

ゆり子は悲しげな表情で涙をためた眼差しを向けた後、身重の体を引きずるようにして重い足取りで帰ろうとした時に、

「お取り込みのところすみませーん」

前髪を少し垂らして短めの黒髪を後ろで束ねて結び、襟足を出すスッキリ爽やかな髪型で、薄茶の丸首セーターとジーンズにスニーカーを履いた女子大生のような女の子が、

「近くに来たもので、寄らせてもらいました」

八重歯をのぞかせた可愛らしい笑顔で近づいてきてペコッと頭を下げた。

弓子はもしやと思い、

「あ……あの、もしかして……鳴海……警視正、ですか？」

と、訊いた。

「はい。警察庁刑事局三課に所属していました鳴海日奈と申します」

「えッ！　ええ〜っ、えええ〜っ。あ、あ、あっ、明日就任されると伺っていましたが」

「えへっ。すみません。近くのデパートに母と買い物に来ましたので、ついでと云ってはなんですけど、ちょこっと寄らせてもらいました」

涼しい顔で就任前日にいきなり訪れた訳を、明るく可愛らしい笑顔で述べた。

居合わせた内勤外勤の署員が全員、一斉に小柄で華奢な日奈に視線を向けた。

そしてすぐに、

「うおーっ」

「すっ、すげぇーっ」

「きゃ〜っ。うそ〜っ」

驚きの声やら悲鳴に似た歓声が上がり、周囲が騒然となった。

とても警察署内ロビーの光景とは思えない場違いな状況に、弓子が、

「ここではあれですから、7階の署長室へ御出《おいで》ください」

手で示して日奈を丁寧にエレベーター前へと誘導した。

ところが日奈は、帰ろうとして玄関へ向かって歩き始めていたゆり子に、

「もしよろしければ、詳しくお話を聴かせてもらえませんか」

声を掛けて呼びとめた。

ゆり子は信じられない表情で振り返り、

「あ、明日就任される……署長さんが、私の話を聴いてくださるのですか？」

と、問い返した。

「はい。もし、よろしければ」

日奈はにっこり微笑んだ。

（ちょっと、ちょっと。何をおっぱじめるつもり……嘘でしょう）と、弓子は、鳴海警視正の突拍子もない、後先を考えないとんでもない迷惑な言動に、一瞬頭に血が上り、端正な男前の顔のきりっとした眉を吊り上げたが、

「それでは、ゆり子さんもどうぞ」

にこやかな表情を作り、日奈とゆり子をエレベーターに導いて、7階の署長室へ案内した。

署長室はピッカピカに磨き上げられていて、豪華なデスクはまばゆいばかりの光沢を放っていた。朝から小池課長が付きっ切りで、部下のホノカら女性警官に指示して念には念を入れて、完璧に仕上げていた。

弓子は眼だけ動かして瞬時に室内を見回し、少し口の端を上げて頷《うなず》いた。

日奈は身重のゆり子を気遣って、応接セットの広くゆったりとした4人掛けのソファへ、手を取って導いて座らせた。自身はテーブルを挟んで向かい側の1人掛けソファに浅くちょこんと座り、澄んだ黒い瞳で、ゆり子の生気の失せた涙眼を正面からまっすぐ見た。

「3週間ほど前に、ニュースで知って驚きました」

日奈が話の口火を切った。そして、

「遅れましたが、この度はとんだことでご愁傷様です。心からお悔やみ申し上げます」

と、述べて、深々と頭を下げて哀悼の意を伝え、

「就任したら、奥様にお会いして、詳しくお話を聴かせて戴くつもりにしていましたが、偶然お会いできましたので、お声を掛けさせて戴きました」

ゆり子に寄り添う気持ちを率直に述べた。

(そうだったの……私はてっきり、何の考えもなく首を突っ込んでただ引っかき回す、迷惑なわがままじゃじゃ馬キャリア署長だと思ったが……違っていたわ)と、弓子は先ほどの硬い表情とは一変して、口の端を少し上げたにこやかな表情になった。

「まさか、こんなお言葉を、署長さんに掛けてもらえるなんて……ウ、ウウッ……ウウッ」

「実は私も……中学3年の時に、同じような体験をしているのです」

13年前に恩人で信頼して慕う大切な人が、自ら命を絶ったことを話した。

「どんなにか辛く悲しく……悔しいか。奥様のお気持ちは痛いほど解ります。ましてや、自殺した理由が解らないのは、残された遺族にとってはこの上なく苦しくて辛くて……やり場のない虚しさに襲われるのでは……と想像できます」

「ありがとうございます……ありがとうございます……ウウッ、ウウウッ」

ゆり子はハンカチで顔を被って、肩を震わせて嗚咽《おえつ》を漏らした。

「時間はかかるかもしれませんが、必ずや、ご主人が職務中に交番で自殺した理由は解明します」

と、日奈はゆり子に伝えた。

「お願いします。お願いします。署長さん」

ゆり子は縋《すが》りつくようにして、日奈に頭を何度も何度も下げて頼んだ。

「はい。必ず警察が責任を持って、解明することをお約束します」

日奈は澄んだ黒い瞳を輝かせて、ゆり子にきっぱり云い切って約束した。

(え、えっ? う、嘘でしょう……や、約束しちゃった……)

弓子は想像もしていなかった展開に、切れ長の涼しい眼で天を仰いで、「ハァ〜ッ」と、深いため息を思わず漏らした。

その時、日奈のスマホに母親の共恵からメールの着信があった。

日奈はスマホの着信画面を見た瞬間、

「ああ〜っ。いっけな〜い。すっかり忘れてた〜っ」

素《す》っ頓狂《とんきょう》な声を上げて、慌てて立ち上がった。

日奈と共恵は近くの、丸越屋デパートの婦人服売り場で買い物をしていた。

せっかちな性分で即断即決する日奈は、３枚のシャツとカーディガンとパンツの計5品を、５分足らずで購入して支払いまで済ませ、接客した店員を驚かせた。

ところが、優柔不断でのんびり屋の共恵の買い物は時間がかかる。

子供の頃から学習していた日奈は、待つ時間を利用して、10分ほどで行ける距離の明日就任予定の新宿中央警察署に行こうと思い立ち、共恵が買い物を終える頃に戻る予定で来ていた。

しかも、共恵のメールを読むと、

〈日奈ちゃんが迷子になったと思って、店内放送で何度も呼び出してもらったのよ。今、どこにいるの？〉

と、記述されていた。

「やだ、もうお母さんったら。先にメールしてくれればいいのに。恥ずかし〜っ」

顔を真っ赤にして大慌てで、あっけにとられている弓子とゆり子に、ペコッペコッと頭を下げて挨拶もそこそこに署長室を飛び出して、エレベーターは使わずに階段を一気に駆け下りた。

署の前の道路の歩道を、丸越屋デパートへ全速力で走って向かっていると、

「日奈ちゃ〜ん。日奈ちゃ〜ん」

道路の反対側の歩道から、共恵が手を振って呼んでいる姿が眼に入り、２人はすぐ近くの交差点

で合流した。

2人は仲良くお喋りしながらJR新宿駅西口へ向かい、電車を乗り継いで横浜の自宅へ帰った。

署長室に取り残された弓子とゆり子は、顔を見合わせてクスクス笑った。

少し談笑した後、和んで穏やかな表情のゆり子を署の玄関で見送った弓子は、外出していた副署長が戻っていることを確認して、5階の副署長室へ向かった。

副署長に、明日就任してくる新署長の鳴海警視正が訪れたことを報告した。

「らしいな。聞いたよ。で？　どうだった？　感想を聞かせてくれ」

副署長の井沢が、デスクに両肘を突いて顎をのせた姿勢で、デスクの前に立つ弓子を上眼遣いに鋭い眼光の蝮《まむし》眼を向けて訊いた。

ふさふさの黒髪をオールバックにして露《あら》わになった太い眉にどっしりした大きな鼻が、意志の強さを表しており、背は低いががっしりした体格で、見るからに現場経験が豊富で叩き上げの副署長の風格が漂っていた。

感想を訊かれた弓子は、即座には答えられずに小首をかしげて、

「そうですねえ……人柄は良いと思いました……が」

後の言葉を呑み込んだ。

「が？」

井沢が上眼遣いの蝮《まむし》眼で、弓子の顔を窺《うかが》うようにして、

「桐島の、が、の後は怖いものなあ。これまで散々、肝を冷やさせられてる。アハハハッ」

豪快に笑い、

「色々噂は耳にしていたが……どうやら、今度の女キャリアは問題がありそうだなあ」

と、口を歪《ゆが》めて苦々しく結論付けた。

「い、いいえ。そんなことは……ただ」

弓子はまたしても後の言葉を呑み込んだ。

先刻、日奈が署長室でゆり子に、渡辺巡査長が自殺した理由の解明を警察が責任を持ってやると約束したことを、報告すべきかどうか迷っていた。

なぜなら、この件は3日前に井沢が終結を決めて、全署員に通達していた。

もしも、鳴海新署長が独断で相談もなく勝手に、遺族で妻のゆり子に自殺の理由解明を約束したことを知れば、烈火のごとく怒り狂うのは眼に見えていた。

代々のキャリア署長の秘書を務めてきた弓子は、この新宿中央警察署で副署長の井沢にそっぽを向かれたら、右も左も解らない警察庁出向身分のキャリア署長は、路頭に迷って野垂れ死にする哀れな末路を辿ることを知っていた。

所轄警察署のトップは、もちろん階級も地位も署長である。

だが、キャリア署長の場合は実質的には叩き上げの副署長が親分であり、すべての署員は子分という組織構図が確立しているのは、警察社会では常識だった。

弓子は副署長には内密にして収めると決めた。

そんなことなどつゆ知らず、横浜の海が一望できる高台に建つ自宅に、日奈と共恵は連れ立って帰り、

「お父さん。ご馳走できてる？」

台所で腕を振るう義男に声を掛けた。

「ああ。見てごらん。凄いだろ。ハハハッ」

義男は銀縁眼鏡の奥の眼を細めて、ダイニングのテーブルに所狭しと並べた豪華な料理を披露して、自慢げに胸をそらせて笑った。

五星銀行本店融資課長の義男は、仕事が忙しくて有給休暇の消化ができていなかったので、昨日と今日の２日間有給をとって、日奈の警察署長就任祝いの料理を作ると云い出して、昨日から買い出しやら仕込みを楽しげにやっていた。

義男は久しぶりに、こうして家族３人が水入らずで仲良くテーブルを囲んで、美味しい料理を食べながら歓談できることを、心から嬉しく思い、笑顔を絶やすことがなかった。

「でも、びっくりしたわあ。外観をちらっと見ただけだけど、日奈ちゃんが署長に就任する新宿中央警察署って、もの凄く大きな建物だったけど、あれが全部そうなの？」

「うん、そうよ。署員は総勢で７００人くらいって聞いてるわ」

「ええ〜っ。そんなに大勢いるの？」

「だろうな。都庁所在地で、日本一の歓楽街の歌舞伎町が管轄だろ。おそらく犯罪発生数は全国の所轄警察署では、トップクラスだろうから、それくらいの規模は必要だ。つまり、新宿中央警察署は、日本でトップクラスの危険な警察署なんだ」

義男が眉間にしわを刻む小難しい顔で、最近仕入れた豆知識を披露した。

名家で上品に生まれ育ち、臆病で人一倍怖がりで心配性の共恵は涙を浮かべてオロオロして、

「ひ、日奈ちゃん……そんな危ないとこの警察署の署長になるの？　やめなさい。あなたは弁護士の資格も持ってるんだから」

と、云い出した。

日奈は、やれやれといった表情で、

「ほらっ」

義男に流し目を向けて、（ちゃんとフォローして）と、目配せで合図した。

（了解）と、義男は苦笑して頷《うなず》き、

「だがねえ、母さん。まったく心配はいらないんだ。日奈の立場のキャリア警察署長は、公立の大規模な博物館とか科学館とかの館長と同じで、お飾り的な名前だけの名誉職みたいなもので、まったく現場実務には関わらない。だから、危険なことなどは一切ない。なっ、日奈。そうだろ」

上手くフォローした。

日奈は引き継いで、

「そうよ。一日中署長室に居て、上がってくる書類や報告書を承認するのが仕事だって聞いたわ」

と、付け加えた。

「何だ、そうなの。じゃ安心ね」

共恵はホッと安堵して胸を撫でおろし、最高級のアワビに箸を伸ばして口に運び、

「う〜ん。美味しい」

眼を細めて、好物の赤ワインを一口飲んで幸せそうに微笑んだ。

日奈と義男は、テーブルの下でハイタッチをして笑い合った。

少しお酒の入った日奈が、お祭り娘の本領を発揮して洒落たジョークを連発して、両親を笑わせてはしゃぐので、とても楽しい思い出に残る晩餐になった。

親子3人水入らずの笑いが絶えない楽しい時間を過ごした後、日奈はシャワーを浴びてパジャマに着替え、2階の自室に上がった。

明日の署長就任に備えて、早めにベッドに入って寝た。

だがすぐに、（……男社会の警察は、国家機関の警察庁でさえ男尊女卑が根強く残っていたわ。地方機関の所轄警察署では……きっと激しい女性蔑視がはびこって常態化しているわね……果たして、女性の署長を快く受け入れてくれるかしら……）と、決して歓迎されないだろうと思った日奈は、情けなくて悔しくて哀しくて……大きく澄んで綺麗な眼にはみるみる涙が溢れて、頬を伝って枕を濡らした。

（でも、負けちゃ駄目。一歩でも退《ひ》いたらそこで終わる。どんなに厳しくて苦しくても、ぶち壊さなければ女性蔑視の悪《あ》しき慣習は永続的に続くわ。やるのよ、日奈。あんたにはできる。あんたにしかできない。ガンバレ。ガンバレ。ガンバレ）と、溢れる涙を手の甲で何度も拭い、自分を鼓舞《こぶ》して、女性蔑視を絶対に許さないことを決意した。そして、どんな犠牲を払ってもやり遂げる覚悟をした。

この日の夜、日奈は涙が涸《か》れた眼で天井を睨み続け、これから始まる女性蔑視根絶の戦いと、就任したらまず最初にやると決めていた渡辺巡査長の自殺の理由解明をする戦略を熟考して、まんじりともしないで小鳥のさえずりを聴いて朝を迎えた。


新宿中央警察署表玄関前、午前8時50分。

紺のストライプのシャツに濃茶のブレザーにグレーのパンツ姿の日奈が、ＪＲ新宿駅西口方向からゆっくり歩いて現れた。

「おはようございます。ご苦労様です。鳴海署長」

玄関前で待っていた弓子に出迎えられて、少し緊張した面持ちで署内へ入った。

1階ロビーに集まっていた内勤外勤の大勢の署員が、

「ご苦労様ですっ。鳴海署長っ」

その場で直立して一斉に敬礼した。

日奈は立ち止まって姿勢を正し、敬礼で応えた後、八重歯をのぞかせた可愛らしい笑顔で会釈しながら、弓子に誘導されてエレベーターで7階へ上がり、署長室へ入った。

署長室には、10人ほどの主だった新宿中央警察署の幹部が顔を揃えて待機していた。

幹部連中は一人ひとり順番に、日奈に名刺を差し出して自己紹介して、短い言葉を交わして挨拶した後、次々に署長室を出て行った。

前任の署長は病気で長期入院が理由で退任したので、引き継ぎ行事はなかった。

「お飲み物は、コーヒー、紅茶、緑茶、どれにしましょうか?」

「あっ、ではコーヒーをお願いします」

「はい。それでは10分ほどでお持ちしますので、その間に着替えを」

署長室専用に備えられたロッカー室の扉を指差して、弓子は一礼して署長室を後にした。

広く豪華なロッカー室には、真新しい署長の制服が3着、購入したばかりの白のワイシャツが5枚にネクタイが揃えられていた。

日奈は迷うことなく選んで制服に着替え、正面の大きな姿見の前に立った。

署長に就任した実感が湧き上がり、

「よしっ。やるぞっ」

と、闘志をみなぎらせた。

可憐な年若いキャリアだが、警察庁時代は刑事局三課で課長代理を務めた肝の据わった日奈は、初の所轄警察署長に就任しても気後《きおく》れすることはなかった。むしろ、あれこれ覚悟して計略しているることを成し遂げることに、ワクワクして胸を躍らせていた。

豪華で大きなデスクの豪華な椅子に、居心地が悪そうにちょこんと座って、デスクの引き出しを開けて確認しているところへ、弓子が淹れたてのコーヒーを運んできて、にこやかな笑顔で、「どうぞ」と、デスクの上に置いて勧めた。

「あっ、はい。ありがとうございます」

日奈はペコッと頭を下げて礼を述べ、カップを手に持って口に運び一口飲んで、「美味しい」と、眼を細めてカップを皿に戻したタイミングで、

「署長に、お話ししておかなければいけないことがあります」

昨日、渡辺巡査長が自殺した理由の解明を、妻で遺族のゆり子に約束したことについて、

「実は、あの件は3日前に副署長が終結宣言をしています。ですので」

弓子は切れ長の涼しい眼を向けて、説明を始めた。

その時、いきなりドアがノックされて開き、

「いやいや、挨拶が遅れて申し訳ございません」

副署長の井沢が我が物顔でずかずか入ってきた。

そして、デスクの椅子に座る女子大生と見間違えるような日奈を、蝮眼《まむし》で捉えた瞬間、「チッ」と舌打ちして、露骨に嫌な顔をしたのを、弓子は見逃さなかった。

井沢はデスクの前に立ち、

「副署長の井沢です。よろしくお願いします」

名刺を日奈の面前に差し出した。

日奈はすぐに椅子から立ち上がって、

「鳴海日奈と申します。よろしくお願いします」

上体を折り曲げる姿勢で頭を下げて、丁寧に両手で拝むようにして名刺を受け取った。

日奈のしおらしくて、不安気に少しおびえた子猫のような眼差しを眼にして、（ふん。何だかんだ云っても、所詮は薄っぺらで思慮が浅くて中身のない女の子に過ぎない。色々な噂を耳にしていたから、少し警戒していたが……杞憂《きゆう》だったなあ）と、井沢は蝮眼《まむし》で瞬時に日奈を品定めして人物評価を下した。

そんな井沢の表情を、上眼遣いにチラッと覗いて、（ふ〜ん。想像していた通り。傲慢《ごうまん》で面子《めんつ》が命の自愛主義者で、女性蔑視が甚《はなは》だしい昔堅気《かたぎ》の典型的な警察人間だわ）と、日奈は瞬時に井沢の性質を見抜いた。

互いに、抱いた思いは腹に隠して、にこやかな雰囲気で初顔合わせの挨拶を終えた。

すっかり安心した井沢は、蝮《まむし》眼を細めて、

「私はこの署の生え抜きでして、周りからは新宿中央署の生き字引だと云われています。解らないことは何でも聞いてください」

と、機嫌よく喋った。

「ありがとうございます。井沢さんに、そのようなお言葉を掛けて戴けて、こんなに心強いことはありません。よろしくお願いします」

つぶらな黒く澄んだ瞳に感謝の念を映して、ニコニコ笑顔で井沢に視線を向けた。

（やれやれ、こんな女子大生みたいなキャリア小娘のお守りを、この先2年もさせられると思うとウンザリだなあ……）と、井沢は腹の中で愚痴《ぐち》ったが、

「もし何か、頼み事でもあれば遠慮なく云ってください。大抵のことは叶うはずです」

面倒をみてやると云わんばかりに、太い眉を動かして力を誇示した。

その時、（掛かった）と、日奈の澄んだ黒い瞳にキラッと一瞬閃光《せんこう》が走ったのを、秘書の立ち位置で仕事をしていた弓子が見逃すはずがなかった。

（あれっ？　鳴海署長は……何か？）と、弓子は感じ取って嫌な予感がした。

「ありがとうございます、井沢さん。それでは、早速なのですが、一つお願いしてもよろしいでしょうか」

日奈は上眼遣いに井沢の表情を窺《うかが》いながら、仕掛けた罠に引きずり込んだ。

（チッ。早速おねだりかよ。まあいい。いつものようにキャリア署長を手なずける餌を食わせてやろう）と、井沢は頭を巡らせて、にやりと笑い、

「勿論いいですよ。何でもおっしゃってください。私にできることなら、何でもやらせてもらいま

す」

勝ち誇った余裕の表情で促した。

日奈は罠に掛かった獲物を前にして、上唇をペロッとひと舐めして、

「実は、井沢さんはご存じかもしれませんが……昨日、こちらで偶然、３週間前に管内交番で自殺した渡辺巡査長の遺族である奥様にお会いしたので、警察が責任を持って、自殺の理由解明をすると約束しました。ぜひ、井沢さんのお力で解明してください」

しれっと爆弾に点火して、

「えへっ。勝手なことをしてすみません」

首をすくめてペロッと舌を出した。

これまでの例からして、独裁者の井沢が烈火のごとく怒り狂うのは眼に見えており、キャリア署長は蹴落とされてみじめで哀れな末路を辿る。

ところが井沢は弓子の予想に反して、「少し説明させてください」と、前置きして、渡辺巡査長が自殺した理由の解明を、署を挙げて調べたことを話し、

「残念ですが、手がかり一つ掴めませんでした。それでやむを得ず、不本意でしたが打ち切りを決断したのです。ご理解ください、鳴海署長」

諭《さと》すように述べて理解を求めた。

ところが日奈が、つぶらな黒い瞳で井沢の蝮《まむし》眼を正視して、

「理解できません」

反論を開始したので、弓子は腰が抜けそうに驚いてよろめいた。

そして、逆に井沢を諭《さと》すように、

「警察官が職務中に交番で自殺したのです。自殺した理由が解らないでは済みません。いえ、済ませてはいけません。これは、警察の責務だと私は思っています」

日奈は凜とした表情で述べた。

「正論ですね。ですが、署長。そんな正論が通るほど、現実の世界は甘くはありません。まあ、警察庁の超エリートキャリア官僚の鳴海署長には、無縁の世界でしょうが……署長が思っているほど、この世界は甘くはないのですよ」

「甘かろうが、辛かろうが、警察が正論を曲げてどうするのですか。警察は何があろうと、正論と正義を曲げてはいけません。それが法執行機関である警察の責務であり、あるべき姿だと私は思っています。間違っていますか？」

「随分と、青臭いことをおっしゃいますねえ。いいでしょう。署長が、その青臭い正論をあくまで通すと云うのなら、自由にしてください。ですが、私が一度下した決定が変わることはありません。つまり、この件で署員が動くことは無い、という意味です。それを承知の上であれば、ご自由になさってください。私は反対しません」

井沢は穏やかな表情を崩さずに冷静に淡々と述べた。

はじめから日奈は、誰の手も煩《わずら》わせることなく自身で動いて、自殺の理由を解明しようと決めていた。

だが、副署長の井沢に反対されて止められるのが解っていた。

そこで、こういう言葉遊びのような回りくどい罠だが、確実に誘導して、自殺解明に反対しないで自由に動ける言質《げんち》を狙い通り引き出した。

署長に就任したら、いの一番に渡辺巡査長が自殺した理由の解明をすると決めていた。

(なるほど……鳴海署長はこれを目論《もくろ》んでいたのね。うふっ)と、弓子は秘書の立ち位置から、日奈と井沢の言動と表情をつぶさに観察していて、日奈の狙いと目的が読み取れて、思わず含み笑いをした。

「ところで、桐島。署長にスケジュール表はお見せしたのか？」

井沢が蝮《まむし》眼を弓子に向けて、意味深な笑みを浮かべて訊いた。

「いいえ。まだお見せしてはいません」

「おいおい。お前らしくないなあ。早く、Bのスケジュール表をお見せしなさい」

「えっ？　Bをですか？」

弓子は眉をしかめて念を押して確認した。

「もちろんBだ。間違えるなよ、桐島」

「は、はい。解りました。Bですね」

弓子は署長室に隣接した秘書室へ小走りで行き、用意していた署長スケジュール表のBを持って戻った。

「こちらが、鳴海署長の明日からのスケジュールになります。どうぞご覧ください」

日奈の面前のデスクに広げて置いた。

日奈はギョッとした表情で、ごくりと生唾をのんだ。

日奈が手に取って凝視するスケジュール表には空欄がなく、びっしりと黒い印字で埋め尽くされていて、遠目に見れば黒一色にしか見えないほどだった。

（やられちゃった）と、日奈は上眼遣いに、恨めしそうな視線を井沢に向けた。

（ふん。あれこれ噂を耳にしていたので、厄介なことを起こされないように手を打っておいたのは正解だったなあ。ふふっ）と、満足そうに井沢は、太い眉を動かしてにやりと笑った。

井沢は事前に、新キャリア署長を籠の鳥にする狡猾《こうかつ》な策を企てていた。

（キャリア署長はお飾りで、力もないが仕事もなくて暇を持て余すので、読書三昧だと聞いていたのに……何これ？　トイレに行く時間と回数までスケジュール化されているわ。う～ん）と、自由時間がまったくないスケジュール表を、日奈は腕組みして眺め、

「これは明らかに禁じ手だわ……最終兵器を使ったわね」

と、つぶやいてニヤッと不敵な笑みを一瞬浮かべたのを、うかつにも弓子と井沢は見落としていた。

日奈の不敵な笑みを見落とした弓子は、（副署長が一枚上手《うわて》だったわね……）と、井沢の企みに眉をしかめて臍《ほぞ》を噛んだ。

「では私は、仕事が山積みですのでこれで失礼します」

井沢は笑いを堪《こら》えてしてやったりの顔で、軽く日奈に一礼した後、くるっと背を向けてドアに向かって小躍り気味に2、3歩歩いた。その時、

「桐島さん。このスケジュールはすべてキャンセルしてください」

日奈がスケジュール表を指差して伝えた。

井沢は一瞬、背後で何が起きたのかが理解できなかった。

が、解った途端に蝮《まむし》眼を剥いて、

「えっ！　う、嘘だろっ！」

驚愕の表情に変わった。

鳴海署長の思わぬ行動に、少々のことでは動じない弓子が、

「し、しかし……署長っ」

切れ長の眼を泳がせて真意を確認した。

「聞こえませんでした？　すべてキャンセルしてください」

日奈は眉一つ動かさないで、つぶらな黒い瞳に強い意志を表して云った後、

「これは、お願いではなく、署長命令です」

と、告げた。

厳格な階級制度社会の警察では、年齢・性別・経験・実績・先輩後輩に関係なく、すべてにおいて階級が最優先される。

警察庁出向身分で警視正で署長の日奈の下す命令は、警視の副署長をはじめ、新宿中央警察署700人余りの全署員が問答無用で従わなければならない。

命が懸かる職務の警察と自衛隊は、一糸乱れぬ統制が必要不可欠であることから、階級上位者の命令厳守が義務付けられていて、背けば重い懲罰《ちょうばつ》が下される。

だが、新宿中央警察署の長い歴史の中で、これまでキャリア署長が伝家の宝刀「署長命令」を発動した例は、一度もなかった。

(噂が本当なら……何かやるかも、とは思っていたけど……まさか就任初日にこんなことを)と、弓子は切れ長の眼を日奈の平然とした顔に向けて生唾をのんだ。

「しっ、署長はっ、仕事を放棄するつもりですかっ!」

井沢がブチ切れたように顔を真っ赤にして、声を荒げて問責《もんせき》した。

日奈は怯《ひる》むことなく、上眼遣いにつぶらな瞳で睨み、

「署長の仕事はしますっ!」

と、即座に返した後、

「この中に、警察署長がするべき仕事が何件ありますかっ?」

スケジュール表を指差した。

そして、スケジュール表を手に持って掲げ、

「管内の小中高の学校行事の運動会に出向いて、挨拶するのが警察署長の仕事ですか？　管内自治会の会合に出向いて、歓談するのが警察署長の仕事ですか？」

スケジュール表に記されていた数々の、明らかに不適合なモノを例示した。

更に、日奈は畳みかけるように、

「警察署長を愚弄《ぐろう》する、このスケジュールを作成した責任はとってもらいます。その時の証拠として保管しておきますので、覚えておいてください」

と、告げてデスクの引き出しの中に入れて、バァーンッ！　と音を立てて閉めた。

一歩でも退《ひ》いたらそこで終わる。日奈は一歩も退《ひ》かないことを決意して覚悟していた。

（こ、この小娘……本気で俺とやり合うつもりか……）と、井沢は腹の中で吐き、眼光鋭い蝮《まむし》眼で日奈をひと睨みした後、一礼して無言で署長室を出て行った。

署長室のドアが閉まったのを確認して、

「すみませんでした。桐島さん」

日奈が先ほどとは一変して別人のような、少し顔を赤らめて申し訳なさそうな顔で、頭を下げて弓子に謝った。

「と、とんでもありません。謝らなければいけないのは私のほうです。いくら副署長に指示されて

も、あんな酷いスケジュールを作成するべきではありませんでした。拒否できなかったのが、情けなくて恥ずかしいです。すみませんでした」

弓子が苦渋の表情で反省の弁を述べて、深々と頭を下げて謝罪した。

「それでは、お互いさまということにして、この件はチャラにしましょう。いいですか？」

「あっ、は、はい。も、勿論です。鳴海署長」

「よかった。じゃ、面倒かけますが、新しくスケジュールを組んでください」

「はい。警察署長のお仕事に絞り込んで作成します」

「できれば、暇を持て余して困るくらいの、スカスカでお願いします」

日奈の無茶苦茶で無謀に思える言動は、すべて渡辺巡査長が自殺した理由の解明をするのに必要な、自由に動ける時間を確保する為の、罠と策略と小芝居だった。

日奈の狙いと目的が解った弓子は、

「承知しました。署長が自由に動き回れるスケジュールを新たに作成します。これが狙いだったのでしょう？　私の眼は節穴ではありませんよ。うふっ」

嬉しそうに白い歯を見せた。

「あっちゃ〜っ。読まれてましたか〜っ。エヘッ」

日奈はペロッと舌を出して首をすくめた。

こうした純真な子供のようなしぐさを、弓子は切れ長の眼を細めて眺めながら、(凄い噂を耳にしていたから……淡い期待を抱いていたが……もしかしたら女性蔑視の悪《あ》しき慣習を、この方ならぶち壊してくれるかも）と、感じ取って胸が高鳴った。

大勢の虐《しいた》げられて泣かされている女性警官を代表して、弓子は心の中で日奈に手を合わせて強く願い祈った。

第2章　署長命令連発

鳴海署長の古巣の警察庁刑事局三課簡易応接室。

課長の西村と右腕の石原係長が、テーブルを挟んだソファに向かい合って寛いで座り、数日前まで在籍していた日奈を話題にして談笑していた。

「昨日、鳴海くんからメールが来たよ。〈明日、いよいよ新宿中央警察署に署長就任です。もう不安で不安で、今夜は眠れそうにありません〉だぞ。ほら。笑っちゃうだろ」

嬉しそうにスマホのメールを見せた。

「まったくです、課長。私も鳴海警視正からメールをもらいましたが、〈心配で心配で、食事が喉を通りません〉ですよ。可笑しくて噴き出しました」

鷹のような鋭い眼を細めて石原係長が応じた。

「だよなあ。刑事局長を相手に一歩も退《ひ》かない肝の据わった鳴海くんが、たかだか所轄の署長に就任するのを、しおらしく不安に思ったり心配などするはずがない。あのつぶらな大きな黒い瞳を輝かせて、ウキウキ心を躍らせて眠れないのだろう。ガハハハッ」

「ですね。署長は一国一城の主ですから、必ず何かを計略していると思います」

「ああ、鳴海くんの性格と気性から考えても、何かおっぱじめるのは間違いなかろう」

西村課長は鼈甲《べっこう》縁眼鏡の奥のギョロ眼を細めて、愉快そうに巨体の腹を揺すって白い歯をのぞかせた。その時、

「たっ、大変ですっ！　なっ、鳴海警視正がっ」

部下の中村がドアを開けて、血相変えて飛び込んできた。

新宿中央警察署の署長室での出来事を、隣接した秘書室でドア越しに盗み聞きしていた口から先に生まれた女性警官のホノカが、あっと云う間に署内に噂をまき散らした。

その噂が警察庁に飛び火して、耳聡《ざと》い中村がキャッチした。

「なっ、何ィーッ。鳴海くんが副署長の井沢と激突しただとーっ」

「おいおい、ホントかよっ。今日は就任初日だろっ」

西村課長と石原係長は揃って眼を剥いて、思わず腰を浮かせた。

「一体何があったんだ？」

「正確に、詳しいことは現時点では解りませんが」と、中村は前置きして、鳴海署長が、スケジュールすべてキャンセルするよう署長命令を発動して、副署長を伝家の宝刀で一刀両断に切り捨てたことを、解りやすくかいつまんで述べた。

西村課長と石原係長はソファの背もたれに体を預けた姿勢で、腕組みして深いため息をついて暫し沈黙した。

「……まさか、就任初日の顔合わせ挨拶時に、副署長の井沢と正面からやり合うとは……」

「ああ、しかも署長命令を発動して、井沢を抑えつけて面子《めんつ》を潰した」

「はい、課長。警視庁所轄副署長会の会長に長年就いている実力者の井沢が、若い女性キャリア署長に面子《めんつ》を潰されて恥をかかされて、おとなしくしているとは到底思えません」

「だな。聞くところによると、井沢は女性警官を牛馬以下扱いするほど女性蔑視が甚《はなは》だしい。その女性の鳴海くんにやられたんだ……井沢の怒りは半端ないだろ」

「何か手を打たれた方が……井沢をここに呼びつけますか？　それとも私が出向いて井沢の野郎に釘を刺しましょうか？」

「いや待て。今、警察庁の俺らが動けば、鳴海くんの顔に泥を塗って恥をかかせることになる。鳴海くんの将来を考えたら得策ではない」

西村課長はギョロ眼で宙を睨んだ。

「こんなところで、つまずかせる訳にはいかん。慎重にな、石原」

「でも、課長。この状況では鳴海警視正は新宿中央署内で孤立するのは眼に見えています。署員で誰一人として、井沢に背ける者はいません。鳴海警視正は窮地に立たされるのは間違いありません」

「ああ、誰が見ても鳴海くんは窮地に追い込まれて、絶体絶命の状況になる」

「そこまで解っているのに、静観するのですか？　それではあまりにも鳴海警視正が……」

「お前は、まだ鳴海くんが解っていないなあ。井沢を罠に引きずり込んだんだ」

「えっ？　そっ、それでは……これはすべて鳴海警視正の計略の一つなのですか？」

「キャリアが署長に就く所轄警察署では、実質的にすべての実権を握って支配するのは副署長だろ。その副署長を唯一抑えられるのが、署長命令の発動だ。勿論、これに背ける署員は一人もいない。意味は解るな」

「あっ、はい。読めました。鳴海警視正は自らを、絶体絶命の窮地に追い込まれるように仕向けた。つまり窮鼠猫《きゅうそねこ》を噛む状況を作り出して、誰もが理解して納得できる署長命令を発動する大義名分を手に入れた。ですね、課長」

「そうだ。キャリア署長が、お飾りだの腰掛けだのと揶揄《やゆ》される所轄警察署で、鳴海くんが思う署長の仕事をするにはこの手しかない。あくまでも、俺の推測だがな、ガハハハ」

「さすが、課長の秘蔵っ子の鳴海警視正ですねえ。やることがエグい。あははは」

「あの鳴海くんだ。考えもなく事を始める訳がない。俺たちが想像もできない先の先を読み込んでいるはずだ。何一つ心配はいらんだろうが、準備はしておけ」

「はい、課長。いつでも動けるように準備は万端整えています」


新宿中央警察署の署長室。

日奈は腕まくりして、つぶらな黒い瞳に闘志をみなぎらせて、３週間前に管内の桜道交番で首を吊って自殺した渡辺巡査長の、自殺の理由解明に向けた動きを開始していた。

大きく豪華なデスクに置いたパソコンの電源を入れ、警察庁の基幹コンピューターに職権を発動してアクセスして、全国警察署で警察官が職務中に自殺した情報資料を、可能な限り過去に遡《さかのぼ》ってすべてを取り出して収集する作業をしていた。

その数は膨大で、途中でプリンタが用紙切れで停止したが、機械や電気器具の扱いが苦手な日奈は用紙の入れ方が解らずに困り、

「すみません、桐島さん。ちょっと見てもらえますか？」

隣接した秘書室でスカスカの空欄だらけのスケジュールを苦心して組んでいる弓子に声を掛けて頼んだ。

「あっ、はい。プリンタですね」

弓子は笑顔で応えて署長室に入って、プリンタ前に置かれたプリントアウトされた紙の数量に驚いた。そして、プリントされた内容を見て、鳴海署長が何を始めているのかが解った。

「私の認識不足でした。こんなに沢山、警察官が職務中に自殺していたとは思いませんでした……」

日奈はつぶらな黒い瞳に哀しげな色を浮かべて、唇を噛んだ。

「色々な理由があったのでしょうが……それにしても……多いですね」

弓子が同じ感情を抱き、切れ長の眼にうっすらと涙を浮かべて、言葉少なに述べた。

「もちろん自殺した理由がすべて職務に関係しているとは思いませんが……さらっと見ただけでも

かなりの確率で、影響しています」

（さすがだわ……過去の事例を洗い出して、自殺の理由をデータ化して当該自殺の状況との類似点を抽出して、つなぎ合わせて方向性を導き出すつもりね）と、弓子は鳴海署長の狙いを読み取り、同期で同僚警官の自殺した理由を、懸命に明確にしてくれようとしている姿を目の当たりにして、嬉しくて心の中で手を合わせて感謝した。

「それでは、鳴海署長。私は、スカスカのスケジュール作成が途中ですので戻ります。何かありましたら声を掛けてください」

「あっ、はい。ありがとうございました。では、桐島さん。スーカスーカのホワイトスケジュールでお願いしまーす。えへっ」

と、おどけて首をすくめて白眼を剥きペロッと舌を出した後、八重歯をのぞかせた可愛らしい顔でケラケラ笑った。

弓子は思わず噴き出して、珍しく他人の前で大きく口を開けて声を出して笑った。

鳴海署長の人間像が少しずつ解ってきた弓子は、軽やかな足取りで秘書室へ戻った。

「へえ〜っ。桐島係長も……笑うんですねえ」

秘書室に来ていた口先女のホノカが、物珍しそうな顔で丸い眼鏡の奥のたれ眼を向けた。

「くだらないことで感心してないで、残業の準備をしなさい」

「えっ？　今日、残業ですか？　無理、無理、無理です。ねっ、彩乃」

と、同僚で妹分の彩乃に同調を促して、

「私たち、今日はこれから同期の女子会があるんです。会費5千円もう払っていますから、駄目です。すみません。残業はパスでお願いします」

「あらっ、そう。盗み聞きして噂をばらまいたのは、あんただって解ってるのよ。どんな罰がいいの？　さあ遠慮しないで云ってごらん」

弓子が切れ長の眼で睨み、指をぽきぽき鳴らして立ち上がった。

そして、

「まあ、あんたたちの都合も解るけど、鳴海署長を残して帰れる？」

2人の部下の顔を交互に覗き込むようにして諭《さと》した。

2人は観念して、ホノカはスマホで今日の女子会幹事に、会費の5千円を返せとしつこく食い下がって長々と交渉していた。

弓子はうんざりした顔で、「チッ」と何度も舌打ちして、スカスカの鳴海署長が喜んでくれそうなスケジュールの作成に余念がなかった。

定時の午後5時ジャスト。秘書室のドアがノックされた後、開いて、

「桐島さん。今日はどうもありがとうございました。明日もよろしくお願いします」

私服に着替えた日奈が顔を出して、帰りの挨拶をした。

「えっ？　お、お帰りですか？」

弓子はびっくりした顔で確認して尋ねた。

「はい。午前9時から午後5時までが公務員の決められた勤務時間でしょう。私もれっきとした公務員ですから」

と、笑みを浮かべて云った。

そして、少し首を伸ばして奥の席に座っているホノカと彩乃に向かって、

「今度、私も女子会に誘ってください。今日は、しっかり会費の元をとって、楽しんできてくださいね。じゃ、失礼します」

と、声を掛けて八重歯をのぞかせた可愛らしい笑顔を残して、ドアを閉めた。

弓子は慌ててドアを開けて署長室に入って、（鳴海署長は、自宅に持ち帰って続きをやるつもりなんだわ）と、分厚いプリントが入った紙袋を提げているのを見て、日奈が秘書に心遣いをしたことが解った。

日奈の後に続いて署長室を出て、一緒にエレベーターに乗り、

「地下2階の駐車場に公用車を待機させています。朝の迎えは手違いで、すみませんでした」

と弓子は述べて地下2階停止ボタンを押した。

すると、日奈は1階の停止ボタンを押して、さっさと1階で降りて、

「私の身の丈に合わない公用車など必要ありません。それから、こうしてわざわざ見送ってもらったり、出迎えなどは一切無用です。仕事以外の配慮はしないでください」

と伝えた。

「しっ、しかし、鳴海署長……」

弓子は戸惑いを隠せずに困った顔で説明をしようとした。

「これは、頼んでいるのではありません、桐島さん」

つぶらな大きく澄んだ黒い瞳で、弓子の切れ長の茶黒の瞳を見上げるように正視して、

「署長命令です」

と告げた後、意味ありげな不敵な笑みを浮かべた。

この時弓子は、日奈の覚悟と狙いがはっきり解った。

小柄で華奢な日奈が紙袋を重そうに提げて玄関ロビーをスタスタ歩いて行く後ろ姿を、エレベーター前に立って弓子は見送りながら、（この新宿中央署に嘗《かつ》て経験したことがない、巨大な嵐が吹き荒れる……）と、肌で感じて、期待と不安と……恐ろしい思いが交差して身震いした。


5階にある副署長室。

応接セットの上座の位置にある1人掛けのソファに、副署長の井沢がふんぞり返る姿勢で座り、テーブルを挟んだ向かい側の4人掛けのソファとパイプ椅子に、刑事課長の林警部と地域課長の清水警部らの幹部連中が集まって座っていた。

「それにしても信じられませんよ。あれこれ噂は耳にしていましたが、まさか就任初日に井沢さん

に啖呵《たんか》を切って噛みついてくるとはなあ」

「だな。しかも署長命令を発動するとは……」

「キャリア署長が署長命令を下すのは前代未聞だぞ。おそらく全国所轄でも初めてじゃないか。聞いたことがない」

まるで怪談話をしているかのように、幹部連中が声を落として喋っていた。

「正直、俺も驚いた……30年警察をやっているが、署長命令を喰らったのは初めてだ。それも……女子大生のような小娘にだぞ。クソッ！」

新宿中央警察署を牛耳《ぎゅうじ》る井沢が、太い眉を吊り上げて鋭い蝮眼《まむし》で宙を睨み据えて、ドガーンッ！と、怒り任せにテーブルを蹴った。


翌日朝。新宿中央警察署7階の署長室。

私服の日奈が出勤してきて、署長室のドアを開けて中へ入った。

「おはようございます。ご苦労様です、鳴海署長」

「あっ、はい。おはようございます。今日もよろしくお願いします、桐島さん」

署長室で待機していた弓子と日奈は、互いに明るい笑顔で挨拶を交わした。

10分ほど後、弓子が淹れたてのコーヒーを運んできて、制服姿でデスクの椅子に座る日奈の前にコーヒーカップを置きながら、

「鳴海署長はすでにご承知だとは思いますが」

と前置きして、

「所轄警察署長の大切なお仕事ですので、除く訳にはいきません……これは、お願いします」

デスクの上に置いた書類の束を示して説明を始めた。

日奈が膨大な数の情報資料を分類してデータベース作成に集中していることが解っているので、書類の承認作業に時間を取られて中断させるのが、弓子は心苦しかった。

「2時間くらい要すると思いますが……」

これまでのキャリア署長はのんびりと一日仕事で片付けていたが、日奈が集中してやれば2時間以内には終わるだろうと弓子は計算していた。

「それから、コレ。ご用の時はココを押してください」

ポケットから取り出したワイヤレスの超小型のコールボタンをデスクに置いた。

「昨日、秋葉原に用があったので、ついでに買ってきました」

「あらっ、かわいい。このボタンを押せばいいんですね」

猫キャラの赤い鼻をポンと小さな人差し指で押すと、隣接した秘書室からピーポーピーポーと、おもちゃのサイレン音がかすかに漏れ聞こえてきた。

弓子のデスクの端に、パトカーを模したセンサー受信器が置いてあり、屋根の赤色灯が光って回りながらおもちゃのサイレン音が鳴って、音と光で知らせる可愛らしくて便利なものだった。

「ありがとうございます」

日奈はつぶらな澄んだ黒い瞳の視線を向けて、ペコッと頭を下げた。

現状、孤立無援の日奈は、弓子のこうした心遣いが心に沁みて嬉しかった。

弓子は秘書室に戻り、予定されていた数々の催しや会合などの鳴海署長出席キャンセルを、部下のホノカと彩乃に手分けして連絡させた。だが、納得せずに猛然と抗議してくる主催者や幹事が少なくなかった。

そうした主催者や幹事に対して弓子は、

「警察とは友好関係を築いていた方が良いと思いますよ。ここで恩を売っておくのは決して損にはなりません。この意味、解りますよね」

と、警察権力を匂わせて、やんわり脅しをかけて次々と承諾させていた。

「お〜っ、怖っ」

ホノカと彩乃が首をすくめて震える身振りで、弓子を指差してクスクス笑っていた。

20分ほどが経った頃、弓子のデスクの上に置いてあるパトカーを模したセンサー受信器が反応して、赤色灯が派手に光って回り始め、ピーポーピーポーと音が鳴った。

弓子は話し中だった電話を切り、急いで署長室に入って日奈のデスクへ向かった。

「終わりました」

日奈は承認を済ませた書類を指差し示して、膨大な量の過去の警察官が職務中に自殺した理由を分類して、データベース化する作業に移っていた。

（こんなに早く……嘘でしょう？）と、弓子は眉をしかめ端正な顔がみるみる変わって、失望感が表れ、非難めいた色を映した切れ長の眼で、日奈の横顔を眺めた。

これまでのキャリア署長らが普通にやっていたように、内容を確認しないで承認をした、と思ったのだ。

署長承認が必要な書類は重要であり、二重チェック体制を敷いて、署長に渡す前には必ず完璧主義者の弓子は最終チェックをしており、たとえキャリア署長が内容を確認しないで承認をしても、問題が起きないようにしていた。

それが当たり前だと決めつけて、内容をほとんど確認しないまま承認する無責任なキャリア署長らを、弓子は腹の中で憤り軽蔑していた。

鳴海署長が同じことをしたと思い込み、弓子はガッカリして肩を落とし、承認済みの書類を持って重い足取りで秘書室へ戻った。

「えッ！　まっ、まさかっ……」

弓子は持ち帰った書類をデスクに置いて、見た瞬間に切れ長の眼を剥いて凝視した。

すべて承認済みだと思っていたが、未承認書類が2部あった。その書類には誤りや内容の意味が明確ではない部分があり、その箇所に鉛筆書きで印と訂正の添え書きがされていた。

●遺体の側に、鍵と財布と奇しくも同じ位置に落ちていた。
○前後の文章の内容から判断して、「奇しく」ではなく「櫛（くし）」です。
●右折した車両の前に左折した車両があり、避けようとして、通行人を……
○「前」の意味が不明確です。
　1、右折した車両の前（過去）に左折した車両があり、
　2、右折した車両の前（同時進行）に左折した車両があり、

弓子は頭の中が真っ白になって、体をガタガタ震わせた。

重要書類は一つの誤りも許されない。一つ誤りがあれば、他にもある可能性を指摘され、書類の内容すべての信ぴょう性が疑われる。

（それにしても凄いわ……僅か20分で、これだけの書類の文章の中から誤りを見つけて訂正するなんて……それも二重チェックと最終チェックをすり抜けたモノを……）

弓子は書類を手に取って、切れ長の眼でまじまじと眺めていたが、ふっと我に返り、

「私は、なんて愚かなんだ……」

とつぶやいて、涙が溢れないよう顔を天井に向けて唇を噛んだ。

一瞬でも鳴海署長を疑い、非難して軽蔑する視線を向けたことが、弓子は情けなくて悔しくて申し訳なくて、この場から消えてしまいたいと思った。

日奈は署長室に一日中こもって、データベース作りの作業に没頭していた。

作業を手伝わせてほしいと弓子は思ったが、逆に邪魔や迷惑になるような気がして、声を掛けることができなかった。

5日後に、データベースが完成した。

勿論、データベースはあくまでも過去の事例を各項目別にデータ化したに過ぎず、渡辺巡査長の自殺した理由を直接示すものではない。

だが、データベースは嘘や偽りがなく、正確に確率を示し教えてくれる。故に、データベースは目的地に向かう道しるべとなり、確実に目的地または近隣地へ導いてくれる。

日奈は警察官の自殺が他の職業に比べて2割も多いことに心を痛め、これを機に、全国26万2千人の警察官を対象にした、自殺を無くす方策に役立てたいと思っていた。

「わあっ、凄いっ。完成したのですね」

「はい、お陰さまでデータベースが完成しました」

日奈はニッコリ微笑んだ後、

「さて、では始めましょう」

つぶらな澄んだ黒い輝きを放つ瞳の視線を向けて、

「その日、渡辺巡査長と同じ勤務に就いていた2名の警察官をここへ呼んでください」

デスクの前に立つ弓子に指示を出した。

「はい。鳴海署長。承知しました。いよいよ満を持して始動ですね」

弓子が男前の顔を少し紅潮させて、気合十分に軽い足取りで署長室を後にした。

しかし、15分くらいで、弓子が申し訳なさそうな暗い表情で戻ってきて、

「拒まれました……すみません」

と、デスクの前で頭を下げて辛そうに報告した。

すると、日奈が明るい声で、

「そうこなくっちゃ、これが無駄になるわ」

すでに用意していた「署長命令書」を弓子に見せて、

「署長命令を発動します」

と告げて、ペロッと舌を出して笑った。

2人の警察官が要請に応じないことは、最初から解っていた。

井沢の意に背ける署員は一人もいない。全員が井沢に忖度《そんたく》して動くことは解りきっており、たとえ署長の地位の日奈の要請でも拒むのは、火を見るよりも明らかだった。

だが、それを逆手に取る戦略を日奈は目論《もくろ》んでいた。

日奈が持つ最終最強兵器「署長命令」を発動する大義名分が、2人の警察官が日奈の要請を拒んだことで得られた。

(最初から、これを狙っていたのね。うふっ)

日奈がすべて計算して動いていることが解り、弓子は心躍らせた。

「では、鳴海署長。行ってきます」

弓子は手渡された「署長命令書」を大事そうに持って、小走りで署長室を出た。

10分足らずで弓子が、２人の警察官を連れて署長室へ戻ってきた。

２人の警察官は顔を紅潮させて、緊張のあまりぎこちない歩みで日奈が座る大きく豪華なデスクの前に立ち並び、直立姿勢で敬礼して、

「地域課巡査長橋本賢史でありますっ」

「同じく地域課巡査部長の中谷圭ですっ」

少し震える声で自己紹介した。

「おやおや、２人ともすっかり緊張してガチガチじゃないの。１回目の鳴海署長の要請を拒んだ勢いはどこにいったのかしら。うふっ」

傍らから弓子が、面白がって茶化した。

「いじめないでくれよ、桐島くん。俺たちの立場も解るだろ？」

「そうだよ、桐島。同期のよしみで勘弁してくれよ」

「あらっ、橋本巡査長は桐島さんと同期なのですか？」

日奈がつぶらな黒い瞳の視線を向けて、デスクを挟んで正面に立つ橋本巡査長に尋ねた。

「はっ、はいっ。桐島とは警察学校で同期でした」

「では、亡くなられた渡辺巡査長とも同期なのですね」

「はい。彼とも同期です」

橋本巡査長は白い歯を見せて答えた。

すると弓子が横から、

「この橋本くんは、ゆり子の元カレです」

と、余計なことを何食わぬ顔で付け加えた。

「き、桐島っ」

橋本巡査長は顔を真っ赤にして狐眼《きつね》を剥いて睨んだ。

「あらっ、そうなのですか。へぇ〜っ」

日奈はニッコリ笑って、

「お2人は、あの日渡辺巡査長と共に桜道交番で勤務していたのでしょう。何か変わったことはありませんでしたか?」

2人に視線を交互に向けて質問した。

「それが……まったく普段と変わりありませんでした」

「仕事以外のプライベートのことでも、何でもいいのですが……」

「あっ、それでしたら、ふた月ほど前に妻が杉並HA総合病院で偶然、渡辺を見かけたので声を掛けようとしたが、あまりにも悲愴感が漂う顔をしていたので、声を掛けられなかったそうです。後日、渡辺に聞いたら、一瞬驚いた顔をしましたが、学生時代の友人の見舞いに行ったが、その友人の病気のことが心配だったので、と釈明したのが……何となく、気になっていましたが……それくらいです」

と、橋本巡査長が述べた。

（あらっ、偶然ねえ。杉並HA総合病院って、千広ちゃんが入院している病院だわ）

日奈が警察庁刑事局三課に在籍していた時の直属の部下だった藤崎千広巡査の顔が浮かんだ。

「聞くところによると、警察学校を卒業した後、ほとんどの警察官は交番勤務を経験するそうですが、桐島さんも交番勤務の経験がありますか？」

と、日奈は確認するように訊いた。

「はい、勿論あります。2年ほどでしたが、どの部署よりも激務できつくて辛かったのを覚えています。警察の仕事のすべてが含まれるのが交番勤務だと、教わりました」

日奈は弓子の話を頷《うなず》いて聞いた後、一呼吸置いて、

「それでは、お3人にお尋ねします」

弓子と中谷巡査部長と橋本巡査長へ、順に視線を向けて、

「あくまでも例えばの話ですが、もし、渡辺巡査長と同じ状況下で、自ら命を絶つと決意した場合、首を吊りますか？」

と、唐突に質問した。

すると、間髪を入れずに弓子が、

「私なら、拳銃で自殺します」

切れ長の眼を険しくして躊躇《ちゅうちょ》なく云い切った。

「私も間違いなく、拳銃です」

「自分も、桐島や中谷さんと同じです。拳銃以外には考えられません。不謹慎ですが、ナベが……いえ、渡辺巡査長が、交番で首を吊って自殺したのが、今でも信じられません」

少し吊り気味の狐《きつね》眼を潤ませて、橋本巡査長が心境を述べた。

「やっぱり、そうですか……」

日奈は伏し眼の複雑な表情でつぶやき、唇を噛んだ。

「データベースでは、勤務中の交番で警察官が自殺した事例の98パーセントが拳銃自殺でした。首吊り自殺は、過去90年くらい前から現在までに3件しかありません。しかも、その3件はすべて、何らかの事由で拳銃を携帯していませんでした。意味は解りますよね」

デスクの前の3人に、黒く澄んだ瞳の視線を向けて端的に伝えた。

(鳴海署長は、渡辺巡査長が首を吊って自殺したことに……疑念を抱いている)と、弓子と他の2人は感じ取り、無言で日奈の次の言葉を固唾《かたず》を呑んで待った。

重苦しく緊張した時間がしばらく続いた。

その時、いきなり日奈が黒く澄んだ瞳をキラキラ輝かせて、

「拳銃を見せてください」

手指を開いて手の平を上にした左右の腕を、橋本巡査長と中谷巡査部長の面前に伸ばした。

「エッ？　エーッ！」

2人は眼を剥いて驚いた。

交番で立ち勤務をしている時に子供から、

「おまわりさ〜ん。拳銃見せて〜っ」

と、時々せがまれるが、超エリートキャリアの鳴海署長が、まさか同じことをするとは思いもしなかったので、どう対応していいか解らずに慌てふためいた。

弓子は2人の様子をニタニタ笑いながら眺めていた。

2人は弓子に視線を向けて、どうすればいいのかを眼で合図して訊いた。

鳴海署長は何をするにも、必ず考えがあってのことだと学習していたので、弓子は余裕の表情で、（お渡しして）と、切れ長の眼で合図して顎を軽くしゃくって促した。

2人は腰のベルトのケースから拳銃を取り出して、橋本巡査長が日奈の左の手の平に、中谷巡査部長が右の手の平に、それぞれ丁寧に置いて握らせた。

「うわ〜っ。おもちゃのピストルと全然違うわ。ずっしりとして重量感があるんですねえ」

日奈はつぶらな黒い瞳をキラキラ輝かせて、可愛らしい顔に満面の笑みを浮かべて、両手に握った拳銃を食い入るようにしばらく見詰めていた。

その後、右手に握っていた拳銃をデスクに置き、左手に握っていた拳銃を右手に握り替えて、体を椅子ごと右側に回して右に向け、

「1発撃ってもいいですか？」

壁に銃口を向けて撃鉄を起こし、引き金に指を掛けた。

「う、うわッ！　だっ、駄目ですッ。駄目ですッ！」

弓子と橋本巡査長と中谷巡査部長の3人が、腰を抜かさんばかりに驚いて、一斉に悲鳴のような声を上げて慌てて制止した。

同じ警察でも、警察庁出向身分の警察署長の日奈と、警視庁の警察官身分の弓子らとは大きな違いがあった。

警察庁出向身分のキャリア署長がお客様だのお飾りだのと揶揄《やゆ》されて、他の一般所轄警察署長とは区別されて陰で馬鹿にされているのは、警察官の資格を持たないのが所以だった。

警察庁と警視庁はよく混同されるが、根本的にはまったく違う。

国家機関の警察庁は、地方機関の警視庁や府道県警を統括指導監督するのが仕事であり、警視庁などは犯罪を取り締まり犯罪者を捕まえるのが主な仕事である。

故に、警視庁などの人員は、高卒なら1年間、大卒なら半年間をかけ警察学校で訓練を受けて、警察官の資格を得る必要がある。しかし、それは2割くらいの者が脱落するほど厳しく過酷なものだ。

よって、警察学校を出て警察官の資格を持つ弓子らは拳銃所持使用の職務特権を持つが、警察庁のキャリア官僚の身分の署長で警察官の資格を持たない日奈は、拳銃を撃つことは勿論、本来は握ることも許されない行為だった。

「やっぱり」

日奈は上眼遣いに視線を向けて、ペロッと舌を出して笑った。

「もう、鳴海署長。びっくりさせないでくださいよ。心臓が飛び出るかと思いました」

弓子はポケットからハンカチを取り出して、額の汗を拭きながら、切れ長の眼で日奈を睨む振りをして白い歯をのぞかせた。

「えへっ、ごめんなさい」

日奈は照れ笑いを浮かべて3人に謝った。

そして、右手に握っていた拳銃を、デスク正面の右側の位置に立つ中谷巡査部長に手渡して、デスクの上に置いてあった拳銃を、橋本巡査長に手渡して戻した。

中谷巡査部長は、日奈から手渡された拳銃の撃鉄を、慎重に元にもどしてから、腰のベルトのケースに収めた。同じように、橋本巡査長も日奈から受け取った拳銃を、腰のベルトのケースに丁寧に収めた。

すると日奈が、デスクに上体を預けるような前のめりの姿勢で、上眼遣いに2人の顔を交互に見て、

「拳銃、確認しなくてもいいのですか？」

と、腰のベルトのケースに収めた拳銃を指差して、ニヤッと笑って訊いた。

中谷巡査部長と橋本巡査長は「？」と怪訝《けげん》そうな表情で、それぞれケースから拳銃を取り出して、銃個体別に刻印されている記号番号を確認した。

「あれっ、違う。入れ替わってるぞ」

中谷巡査部長が橋本巡査長に云った。

「あっ、ほんとだ。この記号番号は、確か中谷さんのですよね。ＧＫＹ６７５８８９」

「キャハハハッ」

日奈はいたずらが成功した時の子供のように、手を叩いて大喜びした。

「どうも可笑しいと思っていたら。こんなことを仕掛けていたのですね」

弓子が呆れ顔で、切れ長の眼で睨む振りをして苦笑した。

「ごめんなさい。えへっ」

ペロッと舌を出した後、

「見たところ、まったく同じに見えたから、どうやって拳銃を見分けてるのかな、と思って。つい、いたずらして試させてもらったのですが、拳銃に刻印されている記号番号で確認するのですね」

日奈は納得顔で何度も頷《うなず》いた。

「はい。目立つ傷などがあれば別ですが……でも、相当うっかりしていなければ、拳銃を取り違えたりはしませんので、確認の必要はありません」

「その通りです。拳銃でいたずらをするような警察官は一人もいません」

弓子が笑いを堪《こら》えて、大げさに日奈を指差したので、

「あっちゃ〜っ。警察落第だぁ〜っ」

日奈が白眼を剥いて舌を出しておどけた。

日奈のおどけた言動が可笑しくて、思わず「ぶっ」と、額にしわが多くてブルドッグ顔の中谷巡査部長が、噴き出して笑った。

合わせるように、橋本巡査長が口を大きく開けて笑い、つられて弓子も笑い出したので、署長室の雰囲気がガラッと変わって、和やかな空気に包まれた。

日奈が椅子からスックと立ち、

「そちらでお話ししましょうか」

豪華な応接セットを指差した。

和気あいあいですっかり緊張がほぐれた中谷巡査部長と橋本巡査長を、4人掛けソファに座らせて、日奈はテーブルを挟んだ1人掛けのソファに座り、

「桐島さん。お飲み物をお願いします。紅茶を」

日奈はつぶらな黒い瞳に（アレをお願い）と込めた視線を、弓子に向けて小さく2度頷《うなず》いて合図

をした。

「はい。かしこまりました。紅茶ですね」

と、弓子は確認して頷《うなず》き、大股で秘書室へ向かって室内へ入り、デスクの引き出しを開けて、中に装備してある録画録音機のスイッチを入れた。

署長室には、何か問題やトラブルが発生した時に備えて、秘書室で操作できる高性能集音録音マイクと超小型最新録画カメラが、天井の目視できない位置に隠されていた。

日奈はにこやかな表情で、すっかりリラックスしている中谷巡査部長と橋本巡査長に、当該日に桜道交番に3人で勤務に就いた時点から、詳細に質問して聞き取りを開始した。2時間のパトロールから帰ってきて、2階の休憩室内で首を吊って自殺していた渡辺巡査長を発見した時の状況は、繰り返し2人の表情を窺《うかが》いながら質問した。

1時間ほどが経過した時に、隣接する秘書室のドアが開き、

「桐島係長。お時間です」

ホノカが弓子に声を掛けて知らせた。

弓子は振り返って、ホノカにOKサインを出して、

「鳴海署長。3日前に、説明させて戴いたように、都庁前広場で開催される大規模交通安全イベントには、都知事と警視総監が参加しますので、管轄警察署の署長が顔を出さない訳にはいきません。よろしくお願いします」

日奈に出かける準備を促した。

「はい。承知しています。しっかり新宿中央警察署長のお仕事をします」

中谷巡査部長と橋本巡査長を送り出した後、日奈は手早く出かける支度をして、弓子が運転する黒色の覆面パトカーの後部座席に乗り込み、都庁前広場へ向かった。

第3章　病気の正体

杉並HA総合病院呼吸器科病棟308号室（入院患者女性4名）。

10月15日土曜日午後3時48分27秒。

「コラーッ！　全員動くなーっ。賭博《とばく》現行犯で逮捕するっ！」

「ヒッエ〜ッ！」

「ウッヘ〜ッ！」

ベッドの上でワイワイ騒いで花札に興じていた藤崎千広と他の入院患者2人は腰を抜かさんばかりに驚いて、危うくベッドから転がり落ちそうになった。

ベッドのすぐ後ろには薄茶の丸首粗編みセーターにジーンズ姿の日奈が、千広と他2人の入院患者を指差して、ケラケラ笑って立っていた。

「う、うわ〜っ。な、鳴海警視正〜っ、見舞いに来てくれたんですか〜っ」

千広は小さく丸い眼を輝かせて、満開の笑顔でベッドから飛び降りて日奈に抱きついた。

「まったく、もう。おとなしくベッドに寝てると思ったのに〜っ」

日奈は澄んだ瞳で睨む振りをして、八重歯をのぞかせてニッコリ笑った。

「ごめんね。もっと早くに来たかったんだけど……」

「とんでもありません。そんなことより、大変なことになってるんでしょう？」

新宿中央警察署に勤務する知り合いの女性警官に頼んで、鳴海署長の情報をＳＮＳやメールで知らせてもらっている千広は、管内の交番で自殺した警官の自殺の理由を解明する為に、日奈が署長命令の発動を連発していることを知っていた。

署長命令発動の重みをよく知っている千広は、万が一にも自殺の理由が解明できなかったら、日奈は責任を問われるのではと、心配で堪《たま》らなかった。

「何か、手がかりになるようなこと、掴めました？」

「そうねえ……手がかりになるかどうかは解らないけど、気になることが一つあるの」

渡辺巡査長が自殺するふた月ほど前に、この杉並ＨＡ総合病院を訪れており、見かけた同僚の妻が声を掛けられないほど、悲愴感が漂う表情をしていたことを千広に話した。

「私が思うに、渡辺巡査長は誰にも知られたくない、何か重大な病気に罹《かか》ったんじゃないかと……男の人が、誰にも知られたくない病気って、ある？」

「アレですよ、鳴海警視正。ほら、アレ、アレ」

「アレって何？　男の人にはアレって病気があるの？」

「もう、じれったいなあ。アレと云えばアレのことですよ。ほら、キン玉」

「キン……マ？　そんな病気があるの？　初耳だわ」

「いえいえ、病気の名前じゃなくって、ほら、男の股間にある、アレのことですよ」

「何だあ。精巣のことじゃないの。もう、アレだのキン玉だのって、訳の解らないことを云うから、混乱しちゃったわよ。精巣のことね」

「違いますよ、警視正。男の股間の袋のことをそう云うんです。常識ですよ。精巣だなんて清掃と間違えるような、変なこと云ってると笑われますよ」

「えっ？　男の人の股間は、キン玉って云うのが常識なの？」

「そうです、世間の常識です。鳴海警視正もいい歳なんだから、そんなことも知らないと大恥かいちゃいますよ。もう、びっくりさせないでくださいよ」

「それじゃ、精巣……じゃなくキン玉の中にある精液は、なんて云うのが正しいの？」

つぶらな黒い瞳の視線を千広に向けて、真剣な表情で訊いた。

「ああ、アレは子種と云います。これも常識ですから、覚えておいてください」

「わあっ〜凄い。ピッタリ云い当ててるわ。子供を作る種だから子種。さすが世間の常識ねえ。勉強になるわあ。メモっとこ」

日奈は14歳の中学3年生の時に、生涯消えることがない重い心の傷を負った。

その時に、力のない女の子が力を持つには勉強しかないことを悟り、その日を境にして人が変わったようにすべてを犠牲にして勉強に打ち込んできた。

世間との関わりを遮断していた日奈の知識はすべて教科書からであり、俗語や隠語には無縁だった。

故に、体の名称についても、教科書の人体図解に記された名称しか知らない。

一方の千広は、高校の時にぐれてヤンキーだったので、教科書とは無縁の暴れまわる学生時代を過ごしており、日奈とは逆に、俗語と隠語しか知らなかった。

こうした日奈と千広の人生背景を知らない、同室の入院患者3人と、検温に回ってきていた担当の看護師幸乃は、年頃の娘の会話とは思えない「はしたない俗語」を人前で平気で口にしているのが信じられなくて、眼を点にして眺めていた。

「いい機会ですから、鳴海警視正に教えておきます。男に襲われた時、こうやってキン玉を蹴り上げてください。これはキン的攻撃、または玉潰しと云って、どんなマッチョの大男でも一発で悶絶させて倒せます。男の急所で最大の弱点なんです」

「こうやって蹴るの？」

「いえいえ、それでは駄目です。足を少し前後に開いて腰を僅かに下げてください」

「このくらいでいいのかしら？」

「もうちょい」

と、千広が手で示し、

「男が近づいてきたら、手を伸ばせば届く寸前くらいまで引き付けてから、腰を回転させながら足の甲が男の股間に当たるように狙って、思い切り蹴り上げてください。男は断末魔《だんまつま》の悲鳴を上げて悶絶してぶっ倒れます。ウヒヒッ」

不敵な笑みを浮かべて自信満々に教示した。

「なるほどねえ。相手との距離間隔と角度が重要なのねえ。それを間違えると不発に終わるばかりか、逆にやられてしまう。そういうことね」

「さすが、鳴海警視正。呑み込みが早い」

千広に教えられたキン蹴りの練習を、日奈は楽しそうに繰り返した。

そんな2人の前に、

「おいおい、病室で何をやっとるんだ」

警察庁刑事局三課の西村課長と右腕の石原係長が、ヤクザもビビッて逃げ出すほどの威圧感と凄みを漂わせてゆっくりした歩調で悠然と近づいてきた。

病室のそれぞれのベッドに寝ていた入院患者3人は、恐れ慄《おのの》いてそっとベッドを降りて、音を殺して病室を抜け出して1階の売店へ行き、戻ってこなかった。

「あらっ、課長と石原さん。千広ちゃんのお見舞いに来てくれたんですね」

「う、うわ～っ。に、西村課長が、私の見舞いに来てくれるなんて、う、嘘でしょう」

千広が小さく丸い眼を白黒させて、驚愕の表情で思わず2、3歩後ずさりした。

警察庁ではノンキャリアの首領で鬼と恐れられ、警察関係者で知らない者はいない凄い人物が、わざわざ最低階級巡査の自分ごとき者の病気見舞いに足を運ぶとは到底思えなかった千広は、嬉しくて感激していた。

「そんなことより、病気で入院加療中のお前と見舞いに来た鳴海くんが、何をしてるんだ。廊下まで声が聞こえてたぞ。馬鹿者っ」

千広をギョロ眼で睨んで叱った。

「すみません」

千広は小さくなって、そそくさとベッドに戻って寝た。

「千広ちゃんを叱らないでください。私が悪いんです。つい、千広ちゃんは病気で入院していることを忘れちゃって、あれこれ教えてもらってたんです。えへっ」

つぶらな黒い瞳の視線を向けて、照れ笑いしながらペロッと舌を出した。

「ところで、鳴海くん。署長命令を連発しているそうだが、自殺の理由解明は、少しは進んでいるのか？」

日奈の顔を覗き込むようにして訊いた。

「いいえ、まだ手がかり一つ掴めていません」

日奈は首を振って答えた後、

「でも一つ、気にかかってることがあるんです」

と、前置きして、

「課長と石原さんにお尋ねしたいのですが……もし、罹《かか》ったとして、他人に知られたくない病気って、ありますか？」

つぶらな澄んだ黒い瞳の視線を、２人に交互に向けて尋ねた。

「ウ〜ン。そうだなあ……俺なら、痔とナニの病気だなあ」

「私は、痔は平気ですが……課長と同じく、ナニの病気だと解ったら隠しますねえ。誰にも知られたくないですからねえ。やっぱり男として、ナニの病気は……」

「鳴海警視正。ナニというのは、さっき私が教えたキン玉です」

ベッドに寝ていた千広がすかさず上半身を起こして、ナニが指すのはアレと同じ男の急所のことだと解説した。

「ばっ、馬鹿者がーっ！　貴様は何を鳴海くんに教えとるんだァーッ」

「あらっ課長。俗語や隠語が、そんなに悪い言葉ですか？」

日奈は上眼遣いに西村課長のギョロ眼に視線を向けて、

「俗語や隠語の中には先人の知恵が込められた言葉も多数あることが解りました。使うかどうかはともかく、知っていて損にはなりません」

八重歯をのぞかせた可愛らしい笑顔で持論を述べた。

「君らしいな。だがな、鳴海くん。世間には俗語や隠語を毛嫌いする者たちが多数いることも、忘れるな。こんなことで評価を下げるのは、あまりにもくだらん」

「はい、課長。重く肝に銘じておきます」

と、日奈は素直に応えた。

「話を戻しますが」

日奈は気を取り直して真剣な表情に変わり、

「男性が他人に知られたくない、ナニの病気って……もしかして無精子症ですか？」

西村課長と石原係長の眼を覗き込むようにして確認した。

「さすが鳴海くんだな。調べてたか」

「鳴海警視正の推測は当たりです。おそらく、渡辺巡査長は精子検査で無精子症と診断されたのだと思います。それ以外には考えられません」

「ええ、医学書で確認したところ、男性の100人に1人の割合で発症する病気であり、珍しい病気ではないと記載していました。それに、この割合はあくまでも検査を受けた男性の発症率を示したものであって、実際はもっと多いはずです」

「だとしたら警視正。渡辺巡査長は無精子症だと診断されて、ショックは受けるでしょうが……自殺するほどの理由にはならないのでは？」

「だな、鳴海くん。残念だが、子種……い、いや精子が無いからといって、自殺するとは思えん。引き金にはなるかもしれんが……弱いな」

「では課長。渡辺巡査長の奥さんが身重だとどうなります？　現在妊娠8か月だそうです」

「おっ、おい、鳴海くん。それは本当かっ。それなら話は別だぞ」

「ええ、まったく変わってきますねえ。自殺の理由になります、警視正」

「やったぁ～っ。やりましたねえ、鳴海警視正っ。おめでとうございますっ」

ベッドに寝ていた千広が飛び起きて、歓喜の声を上げて日奈を祝福した。

「喜ぶのはまだまだ早いのよ、千広ちゃん」

と千広を諫《いさ》めて、

「これはあくまでも机上の推測に過ぎないの。しかも、本人が亡くなっている現状を踏まえたら、残念ながら確認する方法がないわ……」

と、教えた。

「ありますよ、警視正っ。私に任せてくださいっ」

小さく丸い眼を輝かせて、

「看護師の幸乃にカルテを盗んでこさせます。カルテさえ手に入れれば、バッチリ証明できるでしょう」

やる気満々にベッドから降りてスリッパを履いた。

「何を馬鹿なこと云ってんのッ！」

日奈が澄んだ黒い瞳を険しくして睨み、

「犯罪者を捕まえる警察が、罪を犯してどうするのっ。冗談でもそんなことは云わないで頂戴っ。いいわね、千広ちゃんっ。誓って頂戴ッ！」

いつまでもヤンキー気質が抜けない千広を心配して、心を鬼にして激しく叱責した。

初めて本気で怒る日奈の姿を眼にした千広は、顔面蒼白になって、

「す、す、すみませんでしたッ。ちっ、誓いますッ」

小さく丸い眼に涙を溢れさせて、心優しい日奈を怒らせたことを悔いて心から謝罪して固く誓った。

鳴海警視正に憧れて人柄に魅了されて、側近を自認して役に立てるのが無上の喜びで生きがいになっている千広は、その思いが強すぎて脱線しかけたのだった。

そんな千広の気持ちを嬉しく思い、大切な親友だと思っている日奈は、この機会に千広に警察としての自覚を促して、絶対に間違いを犯さないように釘を刺しておきたかった。

互いに相手を真に想い、心が通じているのを日奈と千広は感じて嬉しかった。

「ちょっと、云い出しにくい雰囲気になったが……」

西村課長がガラにもなく口ごもって、苦笑いを浮かべながら、

「この病院の院長には貸しがある」

ギョロ眼を日奈に向けて意味深に教えた。

勘のいい日奈はすぐに解り、

「もう、駄目ですよっ。駄目です。どうせ、また脅してカルテを手に入れるのでしょう。お願いですから課長、私に逮捕させないでください」

上眼遣いに睨んで、八重歯をのぞかせてケラケラ笑った。

「このヤロ。たかが所轄の警察署の署長になったからといって、俺を逮捕できるとでも、本気で思ってるのか？　ガハハハーッ」

西村課長は楽しそうに豪快に笑い飛ばした。

「冗談はともかくとして、課長。法に触れることはやめてください」

「確かに、医院長が俺にカルテで借りを返すのは、医師法の違反行為だ。だがな、鳴海くん。単に法を守ることだけが正しいとは限らない。この意味は解るな」

「はい。時と場合に応じて、今件のように被害者が存在しないケースでは、警察の裁量で法に囚われないことも必要だと、おっしゃっているのですよね」

「そうだ。どちらかを選択しなさい。キミの裁定に俺は従う」

「…………」

いつもは何事も即断即決する日奈が珍しく迷った。

(どんな些細で軽微なことでも、違法を見過ごすことはできない……だが、渡辺巡査長が自殺した理由を知る為の手がかりとして必要なのも確かだわ。そして、法は何の為に誰の為にあるのか……)と、東王大3年の時に司法試験をトップ合格している日奈は、法律に精通しており、法の精神も学んでいた。

そして何より、渡辺巡査長が自殺した理由が解らないことで、心無い者たちの興味本位の憶測やあらぬ誹謗中傷が囁かれて、巡査長の人格と尊厳が損なわれていた。こうした死人に鞭打つ無責任な世間の口を、日奈は塞ぎたいと心から思っていた。

判断の天秤が大きく傾いて、日奈の選択が決まった。

「課長。渡辺巡査長のカルテの入手、お願いします」

「いい選択だ。成長したな、鳴海くん」

西村課長はギョロ眼を細めて、

「遅くても、2、3日後には手に入るだろう」

と、余裕の笑みを浮かべて日奈に伝えた。

こうして日奈は、誰もが理由解明は不可能だと思っていた、渡辺巡査長が自殺した理由に成り得る貴重な手札を手に入れた。

「そろそろ、引き揚げるか。長居をしてはコイツの負担になるだろう」

「それじゃ、千広ちゃん。早く良くなってね。退院したら盛大な退院祝いをしてあげるから」

「えっ、ホ、ホントですかっ」

千広は小さく丸い眼を輝かせた。

「勿論よ。ねえ、課長」

日奈が西村課長に流し眼を送って、可愛らしく八重歯をのぞかせてニヤッと笑った。

「ああ、お前が一生忘れないくらい豪勢な退院祝いをやってやる。だから、しっかり治療して一日でも早く完治させて退院しろ。いいな。待ってるぞ、千広」

「千広くん。何か必要なモノとか欲しいものがあれば、いつでもメールしてくれ」

日奈と西村課長と石原係長の3人が揃って病室を出て行く後ろ姿を、ベッドに寝た状態で手を振って見送った千広は、抑えきれない感情がこみ上げてきた。

3人の温かい心遣いが、嬉しくて嬉しくて、嬉しくて堪《たま》らず、枕に顔を埋めてウォンウォン声を上げて涙が涸《か》れるまで泣いた。


月曜日。新宿中央警察署7階署長室。

日奈がいつもの午前8時50分に出勤してきて、制服に着替えてデスクに座るタイミングに合わせて、弓子が淹れたてのコーヒーを運んできて、

「どうぞ、鳴海署長」

大きく豪華なテーブルに置いた。

「ありがとうございます」

日奈は弓子に可愛らしい笑顔で会釈して、カップを手に取って口に運び、「美味しい」と、眼を細めて飲んで、カップを皿に戻した。

一呼吸置いて、

「清水地域課長を、ここへ呼んでください」

と、弓子に指示して、デスクの引き出しに用意していた「署長命令書」を取り出した。

「えっ、すぐ発動するのですか？」

「ええ。どうせ1回目は呼んでも拒むのが解ってるでしょう。桐島さんに、こんなことで二度手間をとらせるなんてばからしいわ。今後はすべて一発でやりましょう」

「これからバンバン、署長命令を発動するおつもりですね？　うふっ」

「はい、桐島さん。毒を食らわば皿までも、って云うでしょう。これまで3度署長命令を発動していますから、後は何発発動しても同じです。必要がなくなるまでやりますので、その腹づもりをしておいてください。えへっ」

日奈はケロッとした顔で、黒く澄んだ瞳の視線を向けて、ペロッと舌を出した。

弓子が「署長命令書」を携えて署長室を出た5分後に、地域課の清水課長が四角張った顔を紅潮させて、弓子と一緒に署長室に入ってきた。

「地域課課長の清水ですが……何か、ご用ですか？」

日奈が座るデスクの前に立って、軽く一礼してから、上眼遣いの視線を向けた。

「はい。清水課長に来て戴いたのは、お尋ねしたいことがあるからですが、その前に、一つご忠告しておきます」

「え、えっ？　わ、私に忠告……ですか？」

「これから私が質問する答えに一つでも嘘偽りがあれば、署長命令に背いて愚弄《ぐろう》したとみなして、処罰させて戴きます。よろしいですね」

日奈は黒い澄んだ瞳で、清水課長の眼を正視して淡々と通告した。

いきなり日奈の強烈な一撃を喰らって、清水課長は言葉を失ってその場に呆然と立ち尽くした。

日奈が副署長に啖呵《たんか》を切ったと聞いていたから、ある程度の心の準備はしていた清水課長だったが……（まさか……こんなことを）と、度肝を抜かれて意気消沈した。

日奈は署長命令を発動すると決めた時に、どのような結果になろうと、警察署長の威厳を最後まで保つ覚悟をした。強行突破以外に道はないことが解っていた。

「あなた方は、渡辺巡査長が自殺した理由を署を挙げて調査したが、手がかり一つ掴めなかった、と述べましたよね」

「は、はい。その通りです。嘘偽りはありません。鳴海署長」

「私はこの署に就任して、まだ10日足らずですが、自殺理由解明につながる手がかりを掴みました。これは何を意味すると思いますか？　清水課長」

「エッ、エーッ！　なっ、鳴海署長が手がかりを掴んだのですかーっ？」

「しかも、私はあなた方もご存じのように、現場実務経験がまったくないド素人です。実務経験豊富なあなた方が、手がかり一つ掴めなかったとは信じられません」

「し、しかしですね、鳴海署長……こ、これは、その」

「渡辺巡査長は地域課に所属していました。一緒に勤務していた同僚や上司の方々から、色々な情報が清水課長に集まっていたのではないですか？」

「確かに、集まりましたが……どれも、渡辺くんが自殺するような理由になったり、動機につながるような情報は一つもありませんでした。それで、副署長に何もなかったと、有りのままを報告したのです。何か、問題がありますか？」

「でしたら、もう一度最初から、全課員に対して聞き取りを行ってください」

「えっ？　い、今なんと？」

「聞こえませんでしたか。もう一度最初から、全員に聞き取りをするように云いました。そして、集まった情報は、一つ残らず私に渡してください。自殺の理由に成るか否か、手がかりに成るか否か、取捨選択の判断は私がします」

「そ、それは、ど、どういう意味ですか？　私にはさっぱり訳が」

「あと、桜道交番の日誌を、該当日より遡《さかのぼ》って1年間分を3日以内に届けてください。質問は一切受け付けません。以上です」

日奈は眉一つ動かさない無表情の顔で、黒く澄んだ瞳の冷たい眼線を向けて、何か云いたそうに口をパクパクさせる清水課長に、手で退室するように促した。

(ち、畜生っ……女のくせによくも俺に……)

常日頃から蔑視して馬鹿にしている女性から、軽くあしらわれた清水課長は腸が煮えくりかえったが、かろうじて平静を装い、日奈とは眼線を合わせずに一礼して、無言で後ろを向いて署長室のドアへ速足で向かった。

途中で、秘書の立ち位置で2人のやり取りを眺めていた弓子に近づき、

「自分が何をしてるか解ってるのか？　2年後が楽しみだな。桐島。ふふっ」

血走った眼で睨んで憎々しげに耳元で囁いた。

キャリア署長は通常2年で入れ替わる。2年後に鳴海署長がいなくなった後の、弓子の立場を明らかに脅す言葉だった。

弓子は切れ長の涼しい眼線を清水課長に向けて、（それがどうした。百も承知だよ）と、云わんばかりに、男前の口の端を僅かに上げて鼻で笑った。

清水課長が退室して、音を立ててドアを閉めたのを確認して、

「桐島さん。お話があります」

弓子を手招きして呼び寄せた。

「はい。何でしょうか？　鳴海署長」

日奈は椅子からスックと立ち、

「私は、せっかちで思慮が浅く思い込みが強くて、子供の頃からこういう失敗をしてきました。本当に、すみませんでした」

深く頭を下げて弓子に詫びた。

「えっ、一体何のことですか？」

「本日付けで署長辞令を出しますので、希望の部署があればおっしゃってください」

「もしかして、鳴海署長は私に秘書を辞めろと、おっしゃってます？」

「これまで桐島さんの立場を考えもしないで、本当に、すみませんでした。危なく桐島さんに多大なご迷惑を掛ける、大失敗をしでかすとこでした」

（は、は～ん。先ほどの、私と清水課長のやり取りを見て……それで）と、日奈の不可解な言動が解り、弓子は切れ長の涼しい眼を細めて、クスッと笑った。

「鳴海署長らしくありませんねえ。思い違いもいいとこです。２年後、私が署内で孤立していじめられるとでも思ったのですか？」

「はい。私を手助けしてくださっている桐島さんは、井沢さんの意に背く行為をしているでしょう。それは私と同じ立場を意味します。署内で味方は誰一人いません」

「その通りです。絶大な力を誇示する副署長に逆らえる署員は一人もいません。ただし、表向きの建前は、です。本音は、清水課長のような幹部連中を除けば、大部分の署員は鳴海署長を支持して、裏では応援しています。勿論、私もその一人です」

井沢の意に背いて一切忖度《そんたく》しないで、清水課長の脅しにも鼻で笑って応える余裕があるのは、大部分の署員が本音では、鳴海署長を支持しているのを知っていたからだった。

ましてや、蔑視されて悔しい思いを強いられてきた女性警官は全員、初めての女性キャリア署長を待ち焦がれていた。だが、あまりに可愛らしい容姿の実物を眼にして、（とても副署長や幹部連中には逆らえない）と、一時は希望が消えて落胆していた。

ところが、就任初日にいきなり「署長命令」を発動して、副署長井沢を抑えつけてねじ伏せた。

一時消えた希望が一気に復活して、女性警官全員の眼がまぶしく輝き、胸躍らせていた。

そして、正論と正義を曲げない、警察信義を貫く姿勢を見せつけられた男性署員は、女性署長に対する抵抗はあるが、心の中では鳴海署長を称えて応援していた。

「決して、鳴海署長は孤立無援ではありません。このまま、署長の秘書の仕事を続けさせてください。お願いします」

弓子は深々と頭を下げて頼んだ。

多感で人一倍感激屋の日奈は、大勢の警察官が自分の思いを理解してくれているのが解り、嬉しくて嬉しくて堪《たま》らず、しばらくトイレにこもって泣いていた。

その頃、副署長室では、

「とんでもないアマですよ、井沢さん。俺を呼びつけた挙句に、最初から課員全員の聞き取りをやり直せっ、と命令してきやがった。畜生っ」

署長室から戻ってきた清水課長が怒りが収まらない顔でまくし立てた。

「大げさだなあ、清水さんは。何だかんだ云っても、27歳の小娘だぞ。ハハハ」

と、副署長室に集まっていた林刑事課長をはじめ、熊谷警備課長と井上生活安全課長が口を揃えて清水課長に顔を向けて笑った。

「お前らも、直に署長命令を喰らって署長室に呼ばれるだろうからそのうちに解るよ」

「清水課長がそこまで云うのなら……マジか」

「井沢さん、ここまでコケにされても、まだ静観するつもりですか」

「お前たちは大きな勘違いをしているようだなあ」

煙草の煙を口から吐きながら、テーブルを挟んだ4人掛けのソファと、椅子に座る4人の課長にじろっと蝮眼《まむし》を向けた。

「27歳の小娘とはいえ、警察庁警視正の身分でこの署の署長の地位に座る人物だ。お前たちの身分と地位を考えてみろ」

「それはそうなんですが……しかし」

「しかも、その身分と地位を懸けて、覚悟を決めて署長命令を発動している。俺の知っている限り、そんなキャリア署長は一人もいない。保身を考えないで腹をくくったエリートキャリア警察官僚に、この社会で敵う相手はいない」

4人の課長を蝮眼《まむし》で見据えて、

「お前らは、どんな覚悟をしている？」

と、鼻白んで顎をしゃくった。

4人の課長は一言もなく、項垂《うなだ》れた。

「前にも云ったように、自滅を待つんだ」

井沢は太い眉を動かして、煙草をくわえた口を歪《ゆが》めて憎々しく云い捨てた。

7階の署長室。

「一つ、お尋ねしてもよろしいでしょうか」

弓子が少し緊張した面持ちで、遠慮気味に、

「先ほど、清水課長に……手がかりを掴んだと、おっしゃいましたが」

と、訊いた。

すると日奈が、

「ああ、あれはハッタリです」

上眼遣いにつぶらな黒い瞳の視線を向けて、不敵にニタッと笑った。

(えっ、ええ〜っ。嘘でしょう？　……)と、弓子は切れ長の眼を白黒させて、

「噂では鬼姫と」

思わず口を滑らせて、

「あっ！」

と、慌てて口を手でふさいだ。

「いいのですよ、桐島さん。自覚していますから。キャハハハハ」
2、3日後に届くカルテの検診結果によって、たとえ渡辺巡査長の「無精子症」が確定しても、日奈は自殺の理由にはしないと決めていた。
渡辺巡査長が隠したいと思っていたことを、どのような理由があろうとも、日奈が公にすること

はあり得なかった。最初から日奈は、渡辺巡査長の名誉や尊厳を損ねる事柄は、すべて握り潰して闇に葬り去るつもりだった。

それとは別に、渡辺巡査長が職務中に自殺した理由は、必ず突き止めて明確にして、事実のすべては知っておきたいと思っていた。

それが、自ら尊い命を絶った渡辺巡査長への真の弔いと警察の責務だと信じていた。

そして日奈は、この渡辺巡査長の自殺には裏があると睨んでいた。

それ故に、ハッタリだと弓子に嘘をついた。

「それでは、次にいきましょうか」

日奈はつぶらな黒い瞳をキラッと光らせて、弓子に「署長命令書」を手渡した。

「はい。承知しました。次は、林刑事課長ですね」

弓子は切れ長の眼を細めて、男前の顔をほころばせて大股で署長室を後にした。

7分後。弓子に導かれて林課長が、大きな鼻の穴を広げた赤ら顔の仏頂面で現れた。

林課長は、日奈が座るデスクの前に胸をそらせて立ち、

「刑事課長の林です。お呼びだそうですが、用件は何でしょうか。ご存じのように刑事課は多忙を極めておりますので、手短にお願いします」

と、早口で一気にまくし立てた。

「では、そうしましょう。林くん」

つぶらな黒い冷ややかな瞳で睨み、小さくて形の良い鼻をつんと上に向けた。

(なっ、なっ、なにーっ！　は、は、林、く、く、くん、だとーっ）と林課長はヒラメのような眼を剥いて、腰から崩れ落ちそうなくらい驚いた。

「清水くんに命じたことを、あなたもやりなさい。以上」

と、云い放ち、

「桐島さん。次の鑑識課長の村松くんを呼んでください」

眼の前であっけにとられている林課長を無視して、弓子に次の指示を出した。

あまりの衝撃で、頭の中が真っ白になった顔面蒼白の林課長は、ふらつく足取りでよろよろしながら署長室を出て行った。

「いいか、鳴海くん。腹をくくってやると決めたら、中途半端な生殺しは駄目だぞ。手痛いしっぺ返しを喰らう。徹底的にやり切って息の根をとめなさい」

と、恩師の西村課長に指導を受けていた秘蔵っ子の日奈は、忠実に教えを実行していた。

次に呼んだ村松鑑識課長には、一言も発言させずに、

「当該日に鑑識作業で採取したすべての情報資料を、明日までに届けなさい。もし、一つでも欠落していることが後で解った場合、署長命令違反とみなして、厳罰に処すことを通告しておきます。いいですね、村松くん。以上」

上眼遣いに睨みを利かせて告げた。

この調子で、熊谷警備課長・井上生活安全課長・野々村交通課長・服部機動隊長・坂口会計課長らの幹部連中を、次々に呼びつけて命令を下した。

ただ、弓子の立場に配慮して、所属する警務課の小池課長には手心を加えた。

日奈の想像を絶する仕打ちに対して、幹部連中の怒りは半端なかった。

「畜生ーっ！　あのキャリア小娘署長のやろーっ！　絶対許さんっ！」

「こんな屈辱を受けたのは人生で初めてだっ！　畜生ーっ！」

「このままじゃ、死んでも死に切れんっ。末代までの恥だっ！」

「子供と同じ歳の小娘に、畜生ーっ！」

幹部連中は怒り狂った。

だが、天と地ほども身分と地位が違う警察庁警視正で署長の日奈に対して、逆らえる手立ては何一つなかった。逆らえば、重い懲罰《ちょうばつ》が待ち受けていた。

唯一、これら幹部連中に残された反撃の道は、

「あのキャリア小娘署長よりも先に、俺らが渡辺巡査長の自殺の理由を掴むんだ」

「そうだ。それっ、それっ。それしかない」

「あの小生意気な小娘の鼻をへし折ってやる。見てろっ、小娘っ」

「何か手がかりを掴んだと、云ってたからな。それで、高飛車に出てるのは間違いない。ウカウカしてられんぞ。何がなんでも、こっちが先に自殺の理由を解明するんだ」

鳴海署長に先んじて渡辺巡査長の自殺の理由を突き止めて、鼻を明かして大恥をかかせる以外になかった。幹部連中は眼の色を変えて、それぞれが必死になって動き始めた。

「お見事です。鳴海署長」

弓子が切れ長の眼を細めて、満面の笑みを浮かべて幹部連中の動きを報告した。

日奈が幹部連中を次々に署長命令を発動して呼びつけ、ガラにもなく傲慢な態度を見せつけて刺激したのは、狙いがあってのことだと弓子は解っていた。幹部連中を発奮させて、本気で渡辺巡査長の自殺の理由解明に、取り組ませる策だった。

弓子が淹れて運んできたコーヒーカップを右手に持って、デスクの椅子の後ろの窓際に立って、日奈はつぶらな澄んだ黒い瞳でビルが群立する副都心の景色を眺めていた。

「あの……一つお尋ねしてもよろしいでしょうか」

弓子が遠慮気味に声を掛けた。

「あらっ、何かしら」

「鳴海署長は、国家公務員総合職試験をトップで合格されたのに、財務省などではなく、霞が関では格下の警察庁に入庁されたのは……どんな理由で？」

これまで疑問に思って興味津々だったことを、思い切って尋ねた。

「えっ」

日奈は一瞬困った表情をしたが、すぐに、

「子供の時から警察になるのが夢だったんです。えへっ」

少し照れたように頬を赤くして、ペロッと舌を出してにっこり笑って、嘘をついた。

日奈が警察庁に入庁したのには、重く大きな目的があった。


13年前の中学3年生の夏休みに入る少し前の7月19日。

幼少の頃に救ってくれた恩人で、「透お兄ちゃん」と呼んで信頼して慕う大切な人が、悪辣《あくらつ》な刑事ら警察に殺人の罪を着せられて、卑劣で非道なやり方で追い詰められ、堪《た》えられずに拘置所で自ら命を絶った。

警察に殺されたも同然だった。

透お兄ちゃんの無実を知る日奈は、必死でもがき抗《あらが》ったが、絶大な力を持つ警察に無力な少女が立ち向かえるはずもなく、救えなかった。

この時、純真で心優しい争いごとが嫌いな日奈の心に、恐ろしい鬼が宿った。

「透お兄ちゃん、待っててね。必ず無実を晴らして復讐してあげる」

日奈は人が変わったように、机にかじりついて勉強するようになった。

幼少の頃から賢いと評判だった日奈が、すべてを犠牲にして勉強に打ち込めば結果はおのずと解っていた。

国立東王大3年生の時に、司法試験にトップ合格して、4年生の時には国家公務員総合職試験を歴代最高点でトップ合格した。

そして、財務省や外務省などの主だった省庁の誘いを断って、警察庁に入庁した。

絶大な権限と力を持つ警察と互角以上に戦えるのは、同じ権限と力を持つ警察以外にないことが解っていたからである。

国家公務員総合職試験の成績でその後の最終地位が決まる官僚社会の慣例に倣《なら》えば、日奈は将来女性初の警視総監に就くのは間違いなかった。

警察庁に入庁後、女性蔑視の激しいセクハラなどの洗礼を受けて苦しまされたが、耐えに耐えて警視に昇進して特別職権を手に入れた。満を持して「透お兄ちゃん」の無実を晴らして復讐する動きを開始した。

事情を知った鬼の西村課長と右腕の石原係長、それに直属の部下についていた千広たちの協力で、13年前の事件を掘り返して見事解決し、「透お兄ちゃん」の無実を晴らして、悪辣《あくらつ》な刑事らに復讐を遂げることができた。

すべて西村課長の応援のお陰であり、大きな恩を受けた。

目的を遂げたら警察を辞めて他の世界で羽ばたく夢を描いていたが、西村課長の志と夢を叶えてあげるのが恩返しになると解り、警察に残る決断をした。

その時に、国民の平和と安全を守る為に、職務で命を落とすことさえ覚悟して、昼夜を問わずに懸命に職務を全うする光り輝く警察官を、何があっても守り報われる警察にする。

そして、手柄欲しさに己の欲を剥きだして、警察権力を振りかざし、不正と不祥事を繰り返して、女性警官を卑下して差別する闇の警察官は、一人残らず排除すると決めた。

新たな目的を掲げて警察に残った日奈は。澄んだ黒い大きな瞳を妖しく光らせて、心の中に潜み棲む恐ろしい鬼の血潮がざわついていた。

(何か……大きな事情があったんだわ)

窓の外に視線を向ける鳴海署長の横顔を、弓子はまぶしそうに眺めていた。

第4章　降って湧いた殺人事件

杉並HA総合病院5階院長室。

「院長は回診中ですので、少しこちらでお待ち戴きたい、とのことです」

事務の女性が警察庁刑事局三課の石原係長を院長室に案内した。

勧められるまま、石原係長は院長室の応接セットのソファに腰を下ろした。

「それでは、お茶をお持ちします」

事務員が云い残して院長室を出てドアを閉めたのを確認すると、すぐにソファから立ち上がって院長のデスクへ行き、デスクの上に置いてある数枚のカルテを目視した。

その中に渡辺巡査長のカルテがあるのを見つけると、石原係長はポケットからスマホを取り出して、カルテをカメラで写した。

2分足らずで、先の事務員がお茶を運んできて、テーブルの上に置いた。

ソファに座っていた石原係長は、おもむろにポケットからスマホを取り出して、メール着信画面を確認した後、

「急ぎの仕事ができましたので、今日はこれで失礼します」

と云って立ち上がり、

「夕刻に、ウチの西村から連絡がいくと思いますので、院長によろしくお伝えください」

と、云い残して院長室を出た。

回りくどいやり方だが、院長はあくまでもカルテをデスクに置いたまま回診に行き、たまたま訪れた知人がそのカルテを眼にした悪意なき行為であり、医師法違反にはならない。

法の網の目をかいくぐる、小ずるい策だった。

「この策は……もしかして、鳴海警視正ですか？」

「ああ。俺は院長の黒田にカルテを持ってこさせるつもりだったのだが、鳴海くんに釘を刺された。この策なら、医師法違反にはならないからな」

「でも、法の精神には反する」

「鳴海くんは、心を痛めていたが……やむを得ないと最終判断した。それで、誰にも法的害が及ばないように、あの策を考えたんだ」

「鳴海警視正は純真でまじめで心優しいですからねえ。それが魅力なんですが」

「鳴海くんのいいところだ。だが、それが弱点でもある。時には豹変して鬼になるが……真の鬼になり切れないからなあ」

「課長のように、生まれながらの鬼の性根を持っていれば」

「何だと、このヤロ。聞き捨てならんなあ。お前、すっかり鳴海くんに感化されてるなあ。鳴海くんの云いそうなセリフだ。ガハハハーッ」

無精子症の判断は、通常は精子検査を2回行って診断するが、渡辺巡査長の強い要請で3回行って、カルテには「無精子症」という診断結果が記載されていた。

「これでホッとしました」

石原係長は鷹のような鋭い眼を細め、

「妻が妊娠している事実とかみ合わせれば、渡辺巡査長が自殺した理由になります。鳴海警視正が『署長命令』を発動して、自殺の理由解明を実証しました。これは凄いことです。鳴海警視正は署長就任早々に大仕事を成し遂げました」

満面の笑みを浮かべて嬉しそうに、珍しく饒舌に喋った。

「お前、まだ鳴海くんが解ってないなあ……鳴海くんの気性と性格を考えてみろ」

渡辺巡査長の自殺の理由解明にいたったのは、「無精子症」が解ったからだ。妻が妊娠8か月であることから、誰もが納得できる理由になり、日奈が高く評価されるのは間違いない。

だが同時に、渡辺巡査長の重大なプライバシーと名誉と尊厳が損なわれる。

「でした……。ですが、課長。これを自殺の理由にしなければ鳴海警視正は、苦境に立たされるのではありませんか？」

「まあな。だが、どうやら鳴海くんは、他に重大な理由が裏にあると睨んでいる」

「確かに……勤務中に交番で首吊り自殺は不自然です。鳴海警視正は、そこに大きな疑念を抱いていました」

「ああ。拳銃を携帯していながら、だからな」

「不謹慎ですが、拳銃ほど自殺に適している道具はありません。引き金を引くだけで、即死できますからねえ。それを使わなかったことに、鳴海警視正は眼を向けているようでした」

「だが、これは難しいぞ。当人が死んでるからなあ……」

「ですよねえ。無精子症を自殺の理由にすれば済むんですが。鳴海警視正の気性と性格からして……たとえどんなに難しくてもやるでしょうね」

「困ったもんだ。下手をするとキャリアに傷がつくぞ。もう少し保身を考えてくれればいいんだが、鳴海くんはまったく眼中にない」

「ええ、はたで見ていて小気味いいのですが、冷や汗かかされます」

「まったくだなあ。側にいても離れていても、鳴海くんは俺らをヒヤヒヤさせて心配させるが、その何倍も楽しませてくれるからなあ。お釣りがくる。ハハハッ」

鬼と恐れられる西村課長だが、秘蔵っ子の日奈を話題にしている時は、仏顔に変わって楽しくて仕方がないユルユルの笑顔満開だった。

しかし、時に世には、思いもよらないことが降って湧く。

いきなり日奈の頭上の署長室天井に設けられているスピーカーから、

「緊急110番通報ッ！　管内桜道交番裏の公園から殺害された遺体発見ッ！　緊急110番通報ッ！　管内桜道交番裏の公園から殺害された遺体発見ッ！」

と、繰り返しバカでかい声の緊急放送が鼓膜を振動させた。

殺人事件などの重大事件発生時に署内全体に一斉に知らせるシステムが作動した。

当該事件捜査に関係する刑事課や鑑識課などの部署はあわただしく動き始め、署内全体が緊迫して騒然とした空気に包まれた。

間を置かずに、署内敷地駐車場のパトカーや覆面パトカー及び警察車両から、けたたましいサイレン音が鳴り始め、次々に赤色灯を光らせて事件現場へ飛び出して行った。

「桜道交番裏の公園って……あの交番ですか？」

「はい。渡辺くんが自殺した桜道交番です」

「殺害された遺体が発見されたということは……。渡辺巡査長が自殺した交番に隣接した裏の公園で……殺人事件が発生したのね」

と、日奈はつぶやいて、

(偶然にしては出来すぎている。渡辺巡査長の自殺と何らかの繋がりがあるに違いない）と、せっかちで思い込みが激しい日奈は、勝手に結び付けて高揚してやる気満々だった。

犯罪発生数が全国所轄でトップクラスの新宿中央警察署の署長就任が決まった時に、約2年の在任中に、（もしかしたら殺人事件などの重大事件を経験するかもしれないわ。その時は、しっかり警察署長としての務めを果たさねば）と、決意と覚悟と準備をしていたが、まさか就任して10日余りで、殺人事件が起きるとはまったく予測していなかったので、動揺は隠せなかった。

だが、肝が据わって好奇心が人一倍旺盛な日奈は、不安や心配よりも興味の方が何倍も勝って、つぶらな黒い瞳を爛々《らんらん》と輝かせて心躍らせていた。

それと云うのも、透お兄ちゃんの無実を晴らして復讐を遂げたら警察を辞めるつもりだったが、西村課長や石原係長への恩返しになると解って残る決断をした直後に、署長就任の内示を受けていた日奈は、

「署長として恥ずかしくない程度の知識は必要だわ」

と、準備を始めていた。

キャリア署長は現場実務には一切関わらないが、殺人事件などの重大事件発生時に捜査本部が設置されれば、表面上は本部長の席に就く。

捜査のイロハくらいは知っておかねば、との思いで勉強を始めたのだが、中途半端が嫌いで負けず嫌いな日奈の性分からしてのめり込むのは時間の問題だった。

こうなるともう誰にも止められない。

警察庁警視正の職権をフルに使って、事件捜査方法に関するデータをかき集めた。果てはＦＢＩに警察庁の公式ルートを使って協力要請し、裏のエグい捜査手法から非合法的な事件解決方法と手段までのあらゆる手法を根こそぎ引き出して、頭のコンピューターにすべて保管している。

だが、捜査本部会議で出しゃばるつもりはまったくなかった。

立場をわきまえて、一言たりとも口出しはしないと心に固く誓っていた。

「でも……意見を聞かれたら……うふっ」

日奈はその場面を想像して、つい笑みがこぼれた。

6階の会議室の中から、3部屋の仕切り壁を取り外して大会議室を設営して、「桜道交番裏公園殺人事件捜査本部」が、設置された。

捜査本部には、本庁捜査一課から派遣された事件捜査を主導して行う刑事連中と、所轄の刑事課刑事・鑑識課員ら100人くらいが三々五々集まってきた。だが、その中に女性警官は一人も含まれていなかった。

日奈は署長室で、そわそわと落ち着かない様子で椅子に座り、弓子が気を利かせて淹れてくれるコーヒーを5杯飲んだところで、しびれを切らした。

「もしかして、忘れてるんじゃないかしら……私のこと」

不安げな表情で、

「捜査会議は何時からですか？」

と、小首をかしげて弓子に訊いた。

「おかしいですねえ……何の連絡も来ないないなんて」

と、弓子は答えたが、この時点で、(女性キャリアの鳴海署長は、捜査会議には出席させないつもりだわ。蚊帳《かや》の外に置かれた) と、すでに察しがついていた。

警察は男尊女卑が根強く残る男社会であることは、弓子は嫌というほど思い知らされていた。神聖（と勝手に信じている）な殺人事件捜査本部の名前だけとはいえ、卑下する「女の長」を置くことは、根っからの警察男連中には許容できないことも容易に想像できた。

弓子の想像通りだった。

捜査一課から派遣された捜査を主導する上杉将次係長と、井沢副署長は捜査本部を立ち上げる段階で、

「いくらキャリアの署長だからといっても、女を捜査本部に迎え入れる訳にはいきません。ですよね。井沢さん」

「勿論だ。最初からそのつもりだ。抜きでやろう」

2人の考えは一致していたので、日奈が署長室で待てど暮らせど、電話一本かかってこなかった。

勘の鋭い日奈は、弓子の表情から読み解き、

「私が、女だから……外した。ですね？」

弓子の胸に突き刺さる一矢を放った。

弓子は切れ長の涼しい眼に涙を溢れさせて、こくりと頷《うなず》いて悔しげに唇を噛んだ。

「なるほど。そういうことですか」

と、日奈はつぶやいて椅子からスックと立ち上がった。

「それでは、行きましょう。桐島さん」

つぶらな黒い瞳をキラッと光らせて、弓子に6階の捜査本部へ行くことを伝えた。

「えっ？　い、行かれるんですか？　鳴海署長」

「勿論です」

日奈は即座に云い切った。

「女性蔑視の悪《あ》しき例は作ってはいけません。いえ、私が作らせません。二度とこのようなことができないように、思い知らせてやります」

子供の頃から争いごとが嫌いで、笑うことが大好きな、人一倍心優しい純真な日奈だが、時には鬼になることを心の中では泣きながら決めていた。

階段で6階へ下りて、捜査本部が設置されている会議室のドアの前に立った。

捜査本部会議中は何人も出入りができないように、「許可なく出入り厳禁！」と太く赤文字で記していた張り紙を、日奈は躊躇《ちゅうちょ》なくはぎ取って破り捨て、バァーンッ！　と勢いよくドアを開けて会議室内へ入った。

すぐさま弓子が、

「鳴海署長が御出《おいで》ですッ！」

と、声を張って会議室内に響かせた。

捜査本部会議に参加していた100人余りの全員がギョッと驚いた顔で、一斉に入り口に立つ日奈と弓子に視線を向けた。

日奈は能面みたいな無表情の顔で、正面に設けられたボードの前の長テーブルに就く本庁捜査一課の刑事連中と井沢副署長・林刑事課長らの前へスタスタ歩いて向かった。

井沢の前に、テーブルを挟んで立って、

「私の席はどこですか？」

と、つぶらな黒い瞳の冷たい眼線を向けて訊いた。

井沢は信じられない表情で蝮眼《まむし》を剥いて、

「なっ……なっ」

すぐには言葉が出てこなかった。

まさか鳴海署長が、捜査本部会議に乗り込んでくるとは思いもしていなかったので、叩き上げの実力者の井沢が、ガラにもなく額に汗を浮かべて慌てた。

「こ、こちら……へ」

井沢は蝮眼《まむし》で上眼遣いにチラッと見た後、座っていた中央の席を空けて、隣の林課長に手で示して空けさせると、横滑りしてその席へ移った。

日奈はそのまま立った姿勢で、捜査一課の刑事連中へ視線を向けて、

「あなた方は、どこのどなたですか？」

と、訊いた後、

「他人の家に、主に断りもなく無断で土足で上がる、不届きな、お行儀の悪い人たちですねえ。私

は、この新宿中央警察署の署長、鳴海日奈警視正ですッ」

瞳に怒りの色を浮かべて睨み、語気を強めて吐き捨てるように云った。

捜査一課の刑事連中は色を失って慌てふためき、

「ごっ、ご挨拶が遅れて申し訳ありませんでした」

椅子から立ち上がって頭を下げ、

「本庁捜査一課係長の上杉警部補です。本件の捜査を指揮するように一課長より命を受けて、遂行させて戴いております。この者たちは同行した部下たちです。どうぞよろしくお願いいたします」

再度、全員が揃って深々と頭を下げた。

「今は、殺人事件の捜査が最優先ですので、現時点では、問題にはしません。が、階級と警察署長を辱めて愚弄《ぐろう》した行為は絶対許しません。本庁捜査一課は覚悟をしておくように、捜査一課長に確《しか》と伝えておきなさい」

つぶらな黒い瞳を険しくして上眼遣いに、斜め前の上杉係長を睨んで告げた。

日奈の恐ろしい脅しの言葉におびえて、上杉係長らは顔面を蒼白にして、よろめくようにしてテーブルに手を突いて項垂《うなだ》れた。

上杉係長は高卒で警視庁に入り、26歳で刑事に昇格してめきめき頭角を顕《あらわ》して、すぐに本庁捜査一課に抜擢された優秀な刑事で、今では捜査本部を実質的に仕切るほどの実力者である。実績も申し分なく自他ともに認める、捜査のプロ中のプロだった。

だが、階級は警部補。

日奈の警視正と比べると、天地の差がある。

そして、最上忍捜査一課長の階級は警視正であり、日奈と同階級である。が、警察庁出向身分でキャリア官僚の日奈の方が格は上だった。

もしも日奈が、「女という理由で、警察署長が捜査本部会議から締め出された」と、公にして訴えれば、統括責任者である最上捜査一課長の首が飛ぶのは間違いなかった。

叩き上げで苦労して努力して掴み取った、誰もがうらやむ本庁捜査一課長の座を、こんなことで失えば死んでも死にきれない。

部下からメールで知らされた最上一課長は、（なっ、なにぃーっ。か、覚悟してろだとーっ）と、椅子から転がり落ちんばかりに仰天した。

日奈は無表情の能面顔のまま、無言で中央の椅子に座った。

広い会議室内は、まるでお通夜の葬儀会館内のように重苦しい空気に包まれて、咳一つできない緊迫した雰囲気が漂う時間が流れた。

その時、捜査本部専用回線に一本の電話が入り、電話を受けた所轄刑事課の刑事が、

「鳴海署長。最上捜査一課長からお電話です」

緊張した面持ちでワイヤレス受話器を丁寧に両手で、日奈の面前に差し出した。

日奈は左手で一旦受話器を受け取ると、右手の人差し指でスピーカーホンボタンを押してオンに

した後、受話器をテーブルに置いて応答ボタンを押した。

「はい。新宿中央警察署長の鳴海ですが」

「とっ、突然、お電話して申し訳ございません。私は、捜査一課長の最上忍と申します。この度は、私どもの不手際で、鳴海署長にご迷惑をお掛けして、申し訳ございませんでした。まずは、お詫びを、と思いましてお電話させて戴きました」

「大変、憤慨しております」

「も、も、申し訳ございません。な、なんとか、お許し戴けないでしょうか」

「いいでしょう。今は、殺人事件の捜査が最優先ですから、今回は問題にはしません。ですが、もしも同じようなことがあった場合、次は絶対に許しません。よろしいですね」

「は、はい。お許し戴きまして、ありがとうございます。これをご縁に、よろしくお願いします。私にできることがございましたら、何なりとお申し付けください。全力でやらせて戴きます。それでは、失礼いたします」

「はい。失礼します」

と、日奈は述べて、テーブルの上の受話器の切ボタンを押して電話を切り、続いてスピーカーホンのボタンを押してオフにした。

最上捜査一課長との電話内容をスピーカーホンで、捜査本部会議に集まった100人余りの全員に聴かせる極めてエグいやり方だった。日奈の立ち位置と力を知らしめるには最も効果的な方法だった。効果覿面《てきめん》だった。

(こんなバカなことをさせないで……)と、日奈は情けなくて、むなしくて、哀しくて歯がゆい思いが混在して、小さな胸が締め付けられて息苦しかった。

それでも日奈は、眉一つ動かさない毅然とした姿勢を崩さず、

「では、捜査会議を再開してください」

と伝えた後、腕組みして眼を瞑り、捜査会議が終了するまで一言も言葉を発しなかった。

日奈は頭の中のコンピューターをフル稼働させて、捜査会議での事件の詳しい情報やら資料の発表に耳を傾けて、一語一句漏らさずに記憶して整理していた。

2時間くらいで1回目の捜査会議が終了した。

「鳴海署長。終わりました。ご苦労様でした」

上杉係長が腫れ物に触るように、少しおどおどしながら伝えた。

日奈はゆっくり眼を開いて、

「はい。ご苦労様」

と、云って椅子から立ち上がり、

「次回は、参加しません」

眉一つ動かさない能面顔の冷たい眼線を向けて告げた。

「えっ? なっ、何かお気に障《さわ》ることが?」

薬が効いている上杉係長が、眼を泳がせて慌てふためいた。

「いいえ、効率を考えた結論です。次回からは捜査会議が終了した後で、詳しい会議内容と新しい情報と資料を、すべて揃えて届けてください。もし後で、一つでも欠落していることが解った時には、警察署長を愚弄《ぐろう》したとみなして厳しく処罰します。よろしいですね」

「はっ、はいっ。肝に銘じます、鳴海署長」

上杉係長は緊張で少し紅潮した顔で、体を直角に折り曲げて挨拶した。

日奈は威厳を保つ凛として毅然とした姿勢を崩さずに、3歩下がって続く弓子と共にゆっくりした歩調で、ドアへ向かって歩を進めた。

「ご苦労様でしたっ。鳴海署長っ」

「お疲れ様です。鳴海署長」

次々に椅子から立ち上がって挨拶する声に送られて、「桜道交番裏公園殺人事件捜査本部」会議室から出て、階段で7階へ上がって署長室に戻った。

署長室に入ってドアを閉めた途端、日奈は緊張の糸が解けて気が緩み、

「ふぁ〜っ。疲れたぁ〜っ」

応接セットの4人掛けソファに両手を広げて倒れこみ、だらしない格好で横たわった。

同じように、弓子にしては珍しく疲れ切った表情で、

「はぁ〜っ。疲れたぁ〜っ」

テーブルを挟んだ向かい側の1人掛けのソファに深く腰を沈めて、

「こんなに緊張して、興奮したのは人生で初めてです。おしっこチビッちゃいました」

人生で初めて下ネタジョークがぽろっと口からこぼれた。

すかさず日奈が、

「あら～っ。桐島さんと同じだわ～っ。私もちょろっと、やっちゃいました」

と、弓子の下ネタジョークに乗っかり、2人は顔を見合わせてケラケラ笑い転げた。


捜査本部会議室内。

日奈が退室した後、鑑識課員は再度現場鑑識作業に向かい、刑事課刑事連中は2人一組で現場周辺の聞き込みやら、周辺地域防犯カメラの映像記録チップ収集に三々五々向かった。

がらんとした会議室内に居残った上杉係長と井沢副署長がそれぞれ、

「まさか……乗り込んでくるとは。肝を潰しました」

椅子にぐったりして座る上杉係長が、虚ろな眼を向けて吐露した。

「正直……俺も、驚いた」

井沢が生気の失《う》せた顔でつぶやいた。

「それにしても、電話口とはいえ最上捜査一課長に、謝罪させて頭を下げさせるとは……信じられませんよ……恐ろしい」

「だな。あの警察庁の西村が、本気で肩入れしている理由が解ったよ……本物だ」

井沢が蝮眼《まむし》で宙を見据えて、腹の底から絞り出すようにして喋った。


7階の署長室。

日奈は、デスクの上に置いたパソコンの電源を入れ、先刻の捜査会議で頭の中のコンピューターに記憶した情報を取り出して、整理しながらもの凄い速さで打ち込んだ。あっと云う間に、現時点で判明しているすべての情報を、5枚の用紙にまとめてプリントアウトした。

「桜道交番裏公園殺人事件」の概要は次の通りだった。

桜道交番建物の裏側に隣接した公園とは名ばかりの、遊戯類などは無くてベンチが3つあるだけの小さな、都が緑地として所有管理している土地内が現場である。

発見者は、近隣住宅に居住する河合孝也、78歳。

散歩中の犬が激しく吠えて公園内の茂みに入り、当該公園の奥にある大きな側溝内に、横たわる初老の男性の遺体を発見して、その場からスマホで警察に通報した。

鑑識課員が、上下白色のスーツに紺色のワイシャツの遺体の左胸脇に、拳銃らしきモノで撃たれたと推測される痕を目視して、射殺された遺体だと捜査本部に報告している。

しかし、この時点では自殺の可能性も僅かだが残されていた。

また、遺体の男性の所持物は、1万円札が2枚と千円札4枚のみが入った財布だけだった。免許証や保険証、及びカード類も所持しておらず、身元が解る所持物は何も無かった。

身元解明は、遺体の指紋照合の結果待ち。

「拳銃で撃たれていたのですよねえ。何か……嫌な予感がします」

コーヒーを淹れて運んできた弓子が、眉を曇らせて云った。

「ええ。私も、同じことを考えていました。偶然にしては……出来すぎです。渡辺巡査長の自殺と関係があるかもしれません。いえ。あります。きっと」

つぶらな黒い瞳を爛々《らんらん》と輝かせて、日奈は上唇をペロッと舌で舐めて推測した。

日奈の推測は見事に的中して、翌日、急転直下すべてが一気に解決した。

まず、遺体の指紋照合をしていた科捜研から、薬が効いている捜査本部の上杉係長経由で即時、署長室の日奈の手元に指紋照合結果が届けられた。

【指紋照合結果報告書】
桜道交番裏公園内で発見された遺体の手指指紋
「氏　　名」　大谷　秀樹　オオタニ　ヒデキ
「生年月日」　昭和29年5月12日（68歳）
「本　　籍」　福岡県久留米市田川町大字米原４０１５番地４
「前 住 所」　神奈川県茅ヶ崎市海南９丁目６番５号　茜コーポ２０４号室

「現　住　所」不定
「犯　　　歴」前科5犯
「犯　　　種」窃盗（空き巣常習犯）

「あっ。この人、知っています、鳴海署長」

「あらっ。もしかして、ご親戚のおじさんとか？」

と、日奈が訊いた。

「い、いいえ。違います」

弓子は手を左右に振って慌てて否定して、

「親戚とかではなくって。この大谷秀樹という人物は、泥棒の世界では超有名人なんです。警察の中でも知れ渡っています」

と、説明した。

「へ〜え。そんなに大物の泥棒さんなんですか？」

「はい。『姿なき盗人《ぬすっと》博士』の異名を持つ、伝説の泥棒なんです。刑務所では他の泥棒連中に神様として崇《あが》められていたそうですから」

（姿なき盗人《ぬすっと》博士か……どんな人物なんだろう）と、日奈は澄んだ黒い瞳をキラキラ輝かせて、上唇を舌の先でチョロッと舐めた。

一度興味を抱いたらとことん知り尽くさなければ気が済まない、厄介な性分の日奈は、さっそくデスクの上に置いてあるパソコンの画面を開いて、警察庁の基幹コンピューターに職権でアクセスして、「姿なき盗人《ぬすっと》博士・大谷秀樹」の情報収集作業を開始した。

が、定時の5時になったので止めて、帰り支度を始めた。

秘書室に迷惑を掛けない心遣いと、自宅で待つ心配性の母親のことを想って、定時の5時には必ず帰るようにしていた。

「ただいま」

自宅玄関を入ると、

「ひ、日奈ちゃん。無事だったのねっ」

玄関でそわそわしながら日奈の帰りを待っていた共恵が涙眼を向けて、日奈の無事な姿を見てホッとした表情で手を握った。

「どうしたの、お母さん。何があったの？」

「何がじゃないわよ。日奈ちゃんが署長の新宿中央警察署の管内で、殺人事件があったんでしょう。もう、テレビのニュースで観て、恐ろしくて腰が抜けちゃったわよ」

「そうみたいね。秘書の方に聞いたけど……」

「えっ？　日奈ちゃん……知らないの？」

「だって、ほら。私はお飾り署長だから、蚊帳《かや》の外なの。一日中署長室にこもって、上がってくる報告書やら書類の承認をするのが唯一の仕事だって、前にも云ったでしょう」

「ええ……確か、そう云ってたわね」

「現場実務にはまったく関わらないのよ。だから、どんな事件が起きたのやら、さっぱり解らないの。今日なんか暇で暇で、2時間も昼寝しちゃったのよ」

と、嘘をついた。

「心配で何も手につかなかったので、夕飯の支度をしてないの。それで、お寿司の出前にしちゃったわ。ごめんね」

ダイニングテーブルに置いてある出前の寿司を指差した。

「やったぁ〜っ。お寿司が食べたいと思っていたのよ〜っ。ラッキ〜ッ」

大仰に万歳して子供のように飛び跳ねて、満面の笑みではしゃいだ。

臆病で心配性の共恵を安心させる為の、心優しい日奈の苦心の演技だった。


翌日朝。新宿中央警察署7階の署長室。

いつものように、制服に着替えて豪華なデスクの椅子に日奈が座るタイミングに合わせて、弓子が淹れたてのコーヒーを運んで来て、

「鳴海署長、どうぞ」

と、勧めた。

「ありがとうございます」

笑顔で軽く会釈して、カップを手に持って口に運ぼうとした時に、署長室のドアがノックされた。

弓子がドアを開けると、

「おはようございます。捜査一課の上杉です」

短髪中肉中背で鋭い眼つきの浅黒く精悍な、見るからに凄腕刑事の雰囲気を漂わせた捜査本部を指揮している上杉係長が緊張した顔で、小脇に封筒を携《たずさ》えて立っていた。

「あらっ、上杉さん。おはようございます。どうぞ」

日奈が八重歯をのぞかせた可愛らしい笑顔で、椅子から立ち上がって言葉を掛けた。

「はぁ？　……」

上杉係長が我が眼を疑って、生唾をのんだ。

昨日とはまるで別人の鳴海署長に、上杉係長は戸惑いを隠せなかった。

頭の中が混乱したまま上杉係長は、デスクの前に立って一礼した後、

「昨日から今日にかけて、判明したことがあります。重要な事柄ですので、直接ご報告したいと思いまして伺いました」

と、訪れた理由を説明した。

「それはどうも、わざわざありがとうございます」

つぶらな黒い澄んだ瞳の優しい眼差しを向けて、にこやかな笑顔で礼を述べた。

日奈の態度が、捜査本部会議に乗り込んで来た時とあまりに違うので、薬が効いている上杉係長は、（もしかして……これは何かの罠なのか？）と、疑心暗鬼に陥っていた。

それでも表情には出さずに、平静を装い、

「司法解剖で、害者の体内から銃弾が1個摘出されました。至急、科捜研で線条痕（銃身内の溝の痕で「銃の指紋」とも云われる）照合を行った結果、使われた拳銃が特定されました」

と、口頭で述べて、

「まず、これをご覧ください」

封筒から取り出した写真数枚を日奈の面前のデスクに並べて置いた。

日奈は写真を手に取って、

「これが被害者の体内に残されていた銃弾ですね」

生々しい写真を見つめた。

「大変残念な、ご報告をしなければいけません」

上杉係長は苦渋の表情で、

「その銃弾を発射した拳銃は……警察の拳銃でした」

腹の底から絞り出すようにして、少し震える声で述べた。

「えッ！　警察の拳銃ッ？」

日奈が驚愕の表情で訊き返した。

そして、「ああ〜っ」と、言葉にならない声を発して、頭を抱えて仰《の》け反《ぞ》った。

日奈は、渡辺巡査長が自殺した桜道交番に隣接した裏の公園で、射殺体が発見された情報を知った時に、動物的な直感が働いた。こうした直感が外れたことがなかった。

「その拳銃の個体記号番号は……渡辺巡査長の拳銃ですね」

つぶらな黒い瞳に暗い影を映した眼を向けて、険しい顔で上杉係長に確認した。

上杉係長は、一瞬驚いた表情をしたが、

「はい。鳴海署長のお見立て通り、渡辺巡査長が携帯していた拳銃です」

と、答えた。

これにより、殺人事件解決に必要不可欠な、重大3点セットが次の通り揃った。


その1「凶器物証」銃弾（被害者の体内に在留）
○司法解剖の結果、該銃弾により絶命と診断
○該銃弾発射拳銃（個体記号番号ＧＫＹ６７５８９３）
○該銃弾の線条痕（銃の指紋）照合にて科学的に確定

その2「凶器所持・使用」警視庁新宿中央警察署地域課所属（交番勤務）
○渡辺道夫巡査長36歳
○専有携帯拳銃（個体記号番号ＧＫＹ６７５８９３）
○該拳銃の使用は渡辺巡査長以外の第三者は不可能

その３「殺害動機」被害者（大谷秀樹68歳）は前科５犯の窃盗常習犯であり、「姿なき盗人博士《ぬすっと》」なる異名を持つ、その世界では神と崇《あが》められている人物。

正義感が強い警察官だった渡辺巡査長は、我慢がならず、社会に害を及ぼす被害者に対して殺意を抱き、制裁（銃殺）を加えた。
○直後に渡辺巡査長は自殺している

疑念や不明な点はあったが、容疑者が死亡（自殺）している実情を踏まえ、「桜道交番裏公園殺人事件捜査本部」は、最上捜査一課長の判断で即日解散した。

事実上、桜道交番裏の公園で発生した殺人事件は、容疑者死亡で解決した。

そして同時に、渡辺巡査長が自殺した理由は、拳銃で大谷秀樹を射殺した罪の重さと呵責に堪《た》えられずに、交番２階の休憩室で首を吊って自殺した、と結論付けられた。

あまりにあっけない幕切れに、

「こんな結末……あり？」

日奈は椅子に深く身を沈めて、つぶらな黒い瞳にやるせない色を映して天井を睨み、不服げにぷっと可愛らしく頰を膨らませた。

第5章　姿なき盗人《ぬすっと》博士

事件はあっけなく幕を閉じたが、

「姿なき盗人《ぬすっと》博士って……どんな人物なのかしら」

と　興味を抱いたらとことん知らなければ気が済まない厄介な性分の日奈は、盗人《ぬすっと》博士を知る作業は続行していた。

極貧の環境で育った大谷秀樹は、子供の頃、1日3食まともに食べた記憶がない。

9歳の時に、空腹に耐えられずに間違いを犯した。

裏道に面した留守の家に、カギのかかっていない窓から侵入して、台所のテーブルに置いてあったアンパン6個のうちの1個を盗んで食べた。

この時に食べたアンパンの味を忘れたことがなかった、こんなに美味しい食べ物が世の中にあることを初めて知ったと、供述調書・裁判で本人が述べている。

盗みのスリルと成功した時の快感を覚えた大谷は、泥棒の世界へ否応なしに引きずり込まれて大切な人生を棒に振った。一度でも泥棒の味を知ったらやめられない。

社会の歪《ゆが》み、貧富の差の犠牲者だった。

「辛かったでしょうね……かわいそう」

日奈は、涙を溢れさせて警察庁犯罪データファイルや裁判記録資料を読みながら唇を噛んだ。

プリントアウトした大谷の顔写真は、優しい眼をした温厚そのものの表情をしていて、とても前科5犯の有名な伝説の泥棒とは思えなかった。

「でも、鳴海署長。泥棒は絶対許されない犯罪です」

「ええ。勿論解っています。ただ、姿なき盗人《ぬすっと》博士は他の泥棒とは一線を画していたことを、解ってあげたいと思うんです」

大谷は小学校さえ行っていないが頭脳明晰で、人の心と哲学を持ち、泥棒の道で生きると決めた時に決めごとをしていた。

○空き巣しか行わない　＃100パーセント留守の家に侵入

○現金以外は盗まない　＃上限5万円

○誰にも姿を見られない　＃防犯カメラ対策を徹底

○警察に捕まらない

「へえ〜っ。面白い人ですねえ」

弓子が切れ長の涼しげな眼を細めた。

「でしょう。泥棒やってなければ、他の世界で大成功したと思うわ。私が最も感心したのは、泥棒はあくまでも食べていく為の手段で、蓄財は1円もしていないの」

「これだけの腕があれば、莫大なお金が手に入ります。豪邸に住んで高級車を乗り回して遊び放題、贅沢三昧できるのに……」

「そうでしょう。超越した腕を持っているわ。調書と裁判資料によると、防犯カメラに映った姿が一度も確認されていないの」

「まるで透明人間ですねえ。これだけ多くの防犯カメラが至る所にあるのに……」

「ええ。盗みを働くと狙い定めた地域内に限定して、すべての防犯カメラ（ダミー・性能・欠点・死角など）の隙を見抜いて、動いていたんです」

日奈がつぶらな黒い瞳をキラキラ輝かせて、楽しそうに泥棒術を解説した。

「そして、なにより素晴らしいのは、これまでに数千件の空き巣を働いているけど、1件も被害届が出ていません。つまり、事件化ゼロなんです」

「ええ〜っ。どういうことですか？」

「それは、現金以外は盗まなかったからです。それも5万円以下」

ある程度裕福な留守の家に合鍵で侵入して、部屋を物色した痕跡をまったく残さずに、高価な腕時計や宝石類には一切手を出さず、現金数万円のみを抜き盗っていた。

そして、3人以上の家族が居住している家に絞り込んでいたので、たとえ数万円がなくなっていても、空き巣にやられたとは誰一人想像もしなかった。

人間の心理を巧妙に利用していた。

「完璧ですねえ。でも署長。そうすると腑に落ちないのが、前科が5犯もあることです」

「ですよね。私も不思議に思ったのですが、調書と裁判資料ですぐに解りました」

「理由があったのですね」

「はい。まず、5犯の内訳から説明すると、29歳の時に侵入した家の3軒先の家で、強盗未遂事件が発生して緊急配備が敷かれて、もらい事故的に逮捕されたのが初犯です」

「それでは……後は、まさか？」

「そのまさかです。後の4犯は、すべて自ら警察に出頭して自首逮捕でした」

「ええ〜っ。まったく理解できません。警察に捕まらない為に、完璧に泥棒をやっているはずでしょう。なのに……わざわざ自分から出頭するなんて……」

「変わった人なんです。盗人《ぬすっと》博士は。うふっ」

「で……初犯で刑務所に入った時に……味を覚えて、刑務所暮らしも悪くないなあ、と思って……なんてことはないですよねえ。いくら変人でも」

「桐島さんは、もしかして刑務所暮らしの経験があるのですか？　当たりです」

「…………」

弓子は冗談のつもりが瓢箪《ひょうたん》から駒が出たので、言葉を失くした。

常識的に考えればあり得ない発想だが、姿なき盗人《ぬすっと》博士の裁判資料を熟読していた日奈は、盗人《ぬすっと》博士の人間性から理解して納得できていた。

盗人《ぬすっと》博士が警察にわざわざ出頭する理由が3つあった。

1つ

○自己顕示欲が人一倍強い盗人《ぬすっと》博士は、裁判で自分の超優れた泥棒の腕を、裁判官や検事・弁護士や大勢の傍聴人らに披露できるのが、得も言われぬ快感だった。

○法廷内の全員が驚嘆《きょうたん》してどよめきが起きた瞬間は、天にも昇る気持ちが味わえた。

2つ

○天才的な泥棒術を持つ盗人《ぬすっと》博士は、刑務所内では神様や教祖のような存在であり、他の泥棒連中に尊敬されて教えを請われるのが快感だった。

3つ

○他人との関わりを避けて、隠れるようにして独り暮らしを続けていると、無性に人恋しくなる時があって、刑務所での楽しかった出来事が思い浮かんで我慢できなくなる。

これらの3つが重なった時が、警察に出頭する時期だった。

「こんな理由で……自首して刑務所に入るなんて。正真正銘の変人ですねぇ」

「法廷で『刑務所や　住めば都の　我が家かな』って句を詠んで、裁判官を苦笑させたそうです。変人には違いないと思いますが……人生を達観していたようにも思えるのです」

「署長のおっしゃっている意味は、何となく解ります」

「勿論、泥棒はいけません。でも、社会に大きな害を与えているとは思えません。人柄も温厚で穏やかで凶暴性のかけらも感じられない、と備考欄人物評に記載もありました」

「そうすると……なぜ、渡辺くんが」

「ええ。渡辺巡査長はまじめで正義感が強い警察官だったと聞いています。その渡辺巡査長が……出頭してきた盗人《ぬすっと》博士を拳銃で撃ち殺すでしょうか？」

「あり得ませんっ。署長っ」

「はい。渡辺巡査長は犯人ではありません。真犯人は別にいます」

日奈はつぶらな黒い瞳をキラキラ輝かせて、力強く云い切って断言した。

（鳴海署長は……これが狙いだったのね）

姿なき盗人《ぬすっと》博士なる泥棒に興味を示して、調書や裁判記録資料を根こそぎ集めて熱心に熟読しているのを、（署長たる者が）と、弓子は内心では嫌な気持ちを抱いていた。

だが、渡辺巡査長を無実とする裏付けは、現時点ではこうした状況証拠的な事実の積み上げでしかできなかった。

興味とかではなく、渡辺巡査長の無実を晴らす為だったことが解り、弓子は胸を熱くした。

「それでは、鳴海署長は、桜道交番裏公園殺人事件は……」

「解決していません。捜査を一からやり直します」

これら一部始終を、署長室に隣接する秘書室のドアに耳をつけて盗み聞きしていたホノカが、あまりの上ネタに思わず口からよだれが一筋たれ落ちた。

20分足らずで、新宿中央警察署中に、

「大変っ！　大変っ！　鳴海署長が、渡辺巡査長は無実だと断言したよっ。桜道交番裏公園の殺人事件は他に真犯人がいるわよ。捜査一課に宣戦布告して全面戦争が勃発するよッ」

と、ホノカが噂をまき散らして広めた。

新宿中央警察署内は騒然として仕事が手に付かない状況に陥った。

「す、すみません。鳴海署長。ホノカのヤツが……とんでもない噂を」

「さすがホノカちゃん。早いですねえ。うふっ」

「えっ？　それじゃ署長は、アイツが盗み聞きして噂をばらまくのを知っていて？」

「はい。ホノカちゃんに広報のお仕事をしてもらいました。内密にコソコソやるつもりはありません。公にして堂々とやるつもりです。それが今できる、渡辺巡査長への警察の償いだと思っています」

日奈は辛そうに云って唇を噛んだ。

出頭してきた空き巣常習者を、交番の警察官が拳銃で殺害した「極悪非道な殺人警察官」だと、マスコミやSNSで炎上して世間に騒がれて叩かれていた。

（さぞかし……渡辺巡査長は悔しい思いをしているわ）と、日奈は胸が締め付けられていた。

さっそくホノカ特命広報の効果が表れた。

間を置かずに、署長室のドアが気ぜわしくノックされて開き、

「し、署長っ。い、一体どういうことですかっ」

井沢副署長が頭から湯気を出す勢いで、蝮《まむし》眼を眼光鋭く光らせてデスクに座る日奈に詰め寄った。

「あらっ、井沢さん。いらっしゃい。お待ちしていました」

つぶらな黒い澄んだ瞳の視線を向けて、日奈は可愛らしいニコニコ笑顔で歓迎した。

(お待ちしてました、だと？　俺が来るのが解っていたのか……この小娘)

井沢はいぶかしげに上眼遣いの蝮《まむし》眼で日奈の表情を窺《うかが》いながら、(何を企んでいやがる。不気味だなあ……)と、思わず警戒して顔をこわばらせた。

「井沢さん。正直におっしゃってください。渡辺巡査長が犯人だと、本心で思っていますか？」

日奈はいきなり直球を正面から投げつけた。

井沢は蝮《まむし》眼を剥いて一瞬たじろいだが、

「……いえ。思っていません」

と、素直に自身の本心を吐露した。

「よかった。井沢さんは必ず、そうおっしゃると信じていました」

「ですが、鳴海署長。署長もご存じのように、殺人の容疑者を断定する3定則である凶器物証・凶器所持使用・殺害動機が揃っています。すでに捜査本部は事件解決解散して一課が送検しました。本日の午前10時に検察が被疑者死亡事件として不起訴処分を決定しました。どうにもなりません」

「いえ、いえ、井沢さん。これからが本番です」

日奈はつぶらな黒い瞳をキラッと光らせて、八重歯をのぞかせて不敵に笑った。

（おいおい。嘘だろ？　確かに疑念は残るが……所轄の署長が、本庁捜査一課が決めて送検した事件にいちゃもんつけて、喧嘩を売るつもりか？）と、根っからの警察人間の井沢は信じられなかった。主に飼い犬が噛みつくようなものだった。

日奈は上眼遣いに井沢の表情を読み取りながら、自信に満ち溢れた誇張した不敵な笑みを見せつけた。

男尊女卑の信仰が根付いた思考回路をぶち壊すには、男と互角以上に戦える力を持つ女がいることを知らしめる以外にないと、日奈は解っていた。

「少々、騒がしくはなりますが、井沢さんに迷惑は掛けませんので、ご心配には及びません。すべて私の責任で解決します。見ていてください」

「そ、それじゃ本気で、本庁一課の決定を覆すつもりですか？」

「本庁一課だろうが百課だろうが、間違いは正さなければいけません。それが真の警察です。違いますか？　井沢さん」

日奈は上眼遣いに眼線を向けて、軽く顎をしゃくった。

（こ、この小娘……ほ、本当に……女か？）

井沢は蝮《まむし》眼を剥いて額にうっすらと汗をにじませて、小刻みに唇を震わせた。

女性の鳴海署長にガツンと一発噛まされて、まるで負け犬がとぼとぼ退散するように、重い足取りで署長室を退出する後ろ姿を、（まさかあの井沢さんがこんな姿を見せるなんて……）と、弓子は切れ長の眼の端で追って驚いた。これまで散々女という理由で侮辱を受けていたので少し溜飲《りゅういん》を下げた。

桜田門の警視庁捜査一課。

こちらにも噂は飛び火しており、

「一課長の想像した通り、鳴海署長が動きを開始しました」

上杉係長が眼を細めて嬉しそうに白い歯をのぞかせて、最上一課長に報告した。

「やっぱりな。思った通りの方だった」

すらりとした体形の上体を椅子の背もたれに預け、面長で理知的な彫の深い顔の奥眼を細めて、最上一課長が満面に笑みを浮かべた。

「桜道交番裏公園殺人事件が完全に捜査一課の手を離れて、すべてが検察に移行するまで動きませんでした。ヒヤヒヤしていましたが」

「いや、ありがたい。これでまた一つ借りができた」

桜道交番裏公園殺人事件は、不明な点や疑念がいくつもあったが、殺人事件容疑者送検の3定則が揃っていた。

しかも容疑者が現職の警察官であり、凶器が拳銃だった。死亡しているとはいえ送検が遅れれば

「身内に甘い警察」と、これまでの例からしても、マスコミ・SNSの炎上拡散や世間に罵《ののし》られて激しいバッシングを受けるのは間違いなかった。各方面から攻撃されて、警視庁は四面楚歌の窮地に立たされる。

鳴海署長が捜査本部会議に乗り込んできたことを踏まえれば、疑念をぶち上げて送検を阻止する恐れが十分考えられた。

だが、鳴海署長の警察庁時代の情報を入手して、「西村課長の秘蔵っ子で、筋を通す純真で純粋な心優しい、明るくお茶目で誰からも好かれて愛される人物」だと解り、送検して不起訴が決まるまで、「必ず、待ってくれる」と、最上一課長は信じて疑わなかった。

「送検した一課が表立っては動けない。目立たないように側面から協力をさせてもらいなさい。必要な人員は君の裁量で動かせばいい。頼んだよ、上杉くん」

「はい。少しでも鳴海署長のお役に立てるように全力を尽くします」

上杉係長は頬を紅潮させて、やる気をみなぎらせて力強く応えた。

少し遅れて、警察庁刑事局三課に噂が伝わった。

「やっぱり始めたか……だろうな」

豪華な椅子にふんぞり返るいつもの姿勢で、西村課長が諦め顔で云った。

「予想はしていましたが、まずいことになりましたね、課長」

石原係長が眉を曇らせて、困り果てた顔で云った。

「鳴海くんの気性と性格を考えれば、疑念を残したまま事件解決など受け入れるはずがないものなあ。必ずやるとは思っていたが……」

「真犯人を突き止める、とぶち上げて公言したそうです」

「それが困るんだよなあ。警察庁警視正の身分で、新宿中央署の署長の地位での発言は極めて重い。言葉一つでキャリアに大きな傷がつくことを、鳴海くんはまったく考えない。落ちたら地獄の綱渡りを平気でやるからなあ……恐ろしい」

「それに課長……この桜道交番裏公園殺人事件は、難しいですよ。疑念はいくつかありますが、事件の本筋がまったく見えていません。最も肝心の、何が目的の殺人なのかが闇です。こうした殺人事件は迷宮入りした事例が数えきれません」

殺害目的が解らない殺人事件は、通り魔殺人と同じように、犯人の見当やら目星が付けられない。不特定多数の中から犯人を探し出す作業になり、高い確率で未解決事件になる。

「だよなあ。犯人の目的が皆目読めん。ヤバいぞ……」

西村課長と石原係長は顔を見合わせて、同時に深いため息をついた。

その時、西村課長のスマホに日奈から電話の着信があった。

「おう、どうした。何があった？」

西村課長は緊張した声ですぐ出た。

すると電話口の日奈は、

「はい、は〜い。鳴海で〜す。お元気ですか。あの件どうしました。ほら、千広ちゃんの退院祝いの件です。豪勢にやってくれるんでしょう。楽しみ〜っ」

屈託のない飛びっきり明るく弾んだ声で、千広の退院祝いの準備状況を尋ねた。

「そんなことより、大丈夫なのか？　あの殺人事件を解決すると公言したそうじゃないか」

「あらら〜っ。もしかして課長。私のこと心配してます〜っ。ご安心くださ〜い。あっと云う間に解決してみせま〜すっ。へのかっぱで〜す。ではでは、またお電話しま〜す」

冗談めかして努めて明るく振る舞っているのが見え見えだった。

「あのバカ……心配かけまいとして。どこまでお人好しなんだ」

西村課長は通話を切ったスマホを、眼鏡の奥のギョロ眼で眺めて苦笑した。

同じ頃。杉並ＨＡ総合病院呼吸器科診察室３号。

「早急に退院させてくださいっ。お願いします、先生っ」

千広は担当医師に必死の形相で、茶髪ショートカットの頭を下げて哀願した。

日奈がいよいよ桜道交番裏公園殺人事件の真犯人を捕まえて事件を解決するとぶち上げて公言して動き始めたことを、同僚からメールやＳＮＳで知らされた。

千広は、とてもじゃないが、病院のベッドで寝ていられる精神状態ではなくなった。

「解りました。では、そこを歩いてみてください」

担当の平林医師が床を指差し示した。

パジャマ姿でスリッパを履いた千広は椅子から立って、診察室内の床をよろめきながら歩いて、7歩歩いたところで横の診察台に手を突いて呼吸を荒くした。

「退院は早くて1か月先です。これ以上無理を云うようでしたら、お母さんに連絡します。いいですか？」

平林医師は淡々とした口調で千広に冷たく引導を渡した。

千広は小さく丸い眼を白眼の三角にして、恨めしげに睨みながら担当看護師の幸乃に支えられて、項垂《うなだ》れた姿勢で病室のベッドへ戻って寝た。

少し良くなるとベッドでおとなしく寝ていられなくなる千広は、医師や看護師の眼を盗んで遊び回っては悪化するのを繰り返していた。

日奈や西村課長が豪勢な退院祝いを計画しているが、

「一生入院してなさいッ」

と、母親にブチ切れられるように、まだまだお預けが続くことが予想された。

翌日の新宿中央警察署7階署長室。

大きく豪華なデスクの上に置いた、姿なき盗人《ぬすっと》博士の膨大なプリントアウトしたデータ資料を、日奈はつぶらな黒い瞳を輝かせて読み込んでいた。

盗人《ぬすっと》博士は極貧が原因で泥棒の世界に引き込まれたが、思想や性格及び性質はいたって良好な常識的（泥棒を働く以外）な人物であった。裁判記録資料で知る限りにおいて、他人とのいざこざやトラブルなどはまったくなくて、温厚で腰も低く、人柄は申し分なかった。

ただ、秘密主義で友人と呼べる人間はおらず、常に独りで暮らして単独行動していた。

戸籍謄本を見る限り家族は無くて、天涯孤独だった。

「誰かに恨まれて……殺害された可能性はゼロに等しいわ。怨恨殺人の線は消せる」

日奈は豪華な椅子に深く身を沈めて、腕を組む姿勢で眼を瞑ってつぶやいた。

「交番裏の公園で拳銃で殺害されたことを考えれば……通り魔殺人ではない。残るは、顔見知りの何者かによる犯行。目的は何？　所持していた財布には2万円余りが入っていたわ。金品目当てではないことは確かかね。蓄財もしていなかった……あとは何？」

真犯人が盗人《ぬすっと》博士を殺害する目的を解明することに的を絞った。

日奈は頭の中のコンピューターをフル稼働させて、考えられるあらゆる殺害目的をはじき出して整理する作業に没頭した。

弓子が頃合いを見計らって、淹れたてのコーヒーを運んできて、

「お疲れさまです。どうぞ」

と、デスクの空いている位置にカップを載せた皿を置いた。

「あっ、どうも、ありがとうございます」

日奈は軽く頭を下げて、カップを手に持って口に運び、

「う〜ん。いい香り。美味しい」

つぶらな黒眼がちの眼を細めて嬉しそうに感想を口にした。

その時、署長室のドアが遠慮気味にコンコンとノックされたので、弓子が急いで大股でドアに向かって、開けると、

「一課の上杉です」

満面に笑みを浮かべた上杉係長が立っていた。

「あらっ、上杉さん。どうされました？　どうぞ」

日奈は椅子から立ち上がって、八重歯をのぞかせた可愛らしい笑顔で声を掛けた。

上杉係長は軽い足取りでデスクの前に来て、一礼した後、

「ご配慮戴きまして、ありがとうございました。最上一課長も大変感謝しています」

送検して不起訴が決定するまで日奈が動かなかった礼を述べた。

すると日奈が、上眼遣いにじろりと睨み、

「この貸しは高くつきますよ。覚悟はできていますか？　上杉さん」

と、脅しをかけた。

「エッ！」

上杉係長は驚愕して怯え、思わず後ろへ2、3歩下がった。

「嘘です。冗談です。ごめんなさい」

日奈がいたずらっぽく笑って、首をすくめてペロッと舌を出して謝った。

「いや〜っ。びっくりしました。冗談でよかったです」

上杉係長はホッと安堵した表情で、優しい眼差しを向けて白い歯を見せた。

同時に、鳴海署長がキツい冗談を投げつけてきたことが、上杉係長は嬉しくて仕方がなかった。

嫌いで敬遠する相手には、絶対あり得ないジョークだと解っていたからである。

緊張をほぐして和やかな雰囲気にするのが目的の、鳴海署長の心遣いであることを上杉係長は感じ取っていた。

気を取り直したように上杉係長は、表情を引き締めて、

「実は、本日お伺いした目的がもう一つありまして」

紺のスーツの上着の内胸ポケットに入れていた封筒を取り出して、中から小さなゴミくずのように丸められた紙片を、日奈の面前に差し出して、

「コレが、被害者の財布の内側に貼り付いていました。事件とは無関係だとは思いましたが。もし何かの役に立てばと思いまして」

日奈の小さな手の平に上杉係長は優しく丁寧に紙片を載せて渡した。

「何かのレシートのようですが、長い期間水にぬれていて乾いた状態ですので……」

日奈は手渡された紙片を眺めて、

「これは……上手に剥がして広げないと、くっついている部分が破けて印字が消えてしまいますね

え。でも、ありがとうございます。貴重だわ」

と、微笑んだ。

「お役に立てれば何よりです」

上杉係長は嬉しそうに云って、

「送検した立場上、検察との兼ね合いもあって、捜査一課が表立っては動けません。ですが、側面からできる限りのことをやらせてもらいます。これは、一課長の意志です」

と、伝えた。

「それはありがたいです。よろしくお願いします」

日奈は立ち上がって、上杉係長に丁寧に頭を下げて頼んだ。

所轄警察署同士の縄張り争いとライバル心は根強くて、些細なことで火花を散らして反目している話を耳にしていた。加えて、女性キャリア署長に対する蔑視や反発が、半端ないことは容易に想像できた。

管轄外で日奈が自由に動くには、本庁捜査一課のバックアップが必要不可欠だった。

こうして日奈は、都内管轄外を自由に動き回れる「本庁捜査一課の権力」を手に入れて、桜道交番裏公園殺人事件の真犯人を突き止める動きを、本格的に開始した。

上杉係長を送り出した後、

「まずはコレね」

日奈はデスクに戻って、小さく丸まったゴミのような紙片を、指先で慎重に丁寧に少しずつ少しずつ、剥がす作業に没頭した。

真犯人が姿なき盗人《ぬすっと》博士を殺害した目的を知るには、住んで暮らしていた場所に行く必要があると日奈は考えていた。

このレシートのような、小さく丸まったゴミ紙片が手がかりになると思った。

剥がした紙片に僅かに残る印字のかすれた線や、針の孔ほどの点を、日奈は頭のコンピューターを総動員して計算を重ね、つなぎ合わせて文字を完成させていった。

額の汗が3滴、デスクの上に落ちるのに合わせたように、『エ』『イ』『ト』『ロ』『中』『野』『東』『9』『月』の、9文字が完成した。ゴミ紙片はコンビニのレシートだった。

「わあっ。凄ーい。やりましたね、鳴海署長っ」

日奈は額の汗を手の甲で拭いながら、

「ええ。最小限の文字が解ったわ」

つぶらな瞳の視線を向けてにっこり微笑んだ。

全国展開する有名なコンビニエンスストア「エイトロン中野東」の9月発行のレシートだった。

商品名や値段などは解らないが、それらは知る必要がなかった。

盗人《ぬすっと》博士が秘密にして隠れ住んでいた居場所の尻尾を、日奈はむんずと掴んだ。

「彼が、9月某日にエイトロン中野東店に現れて買い物をしたことは、間違いないわ」

つぶらな黒い瞳を爛々《らんらん》と輝かせて、日奈は会心の笑みを浮かべた。

事件を解決するには絶対必要な『殺害目的』が、居場所に行けば解る気がしていた。

「それでは、鳴海署長。一区切りついたところで本業のお仕事もお願いします」

弓子はデスクの端に山積みされた書類を指差して、白い歯をのぞかせて微笑んだ。

「ああ〜っ、いっけな〜い。すっかり忘れていました。私の仕事はコレでした。警察署長の仕事をしろっと井沢さんに叱られて、クビになるとこでした。キャハハハッ」

それでも日奈は仕事が速く、山積みされた書類をハイスピードで読み、片っ端から承認作業をこなし、定時の5時15分前にはきっちり終わらせた。

「今日はお疲れさまでした。明日から本格活動開始ですね、鳴海署長」

「ええ、桐島さん。明日も、よろしくお願いします」

日奈と弓子は笑顔で挨拶を交わして、署長室で別れ、日奈はいつものようにエレベーターで1階に下りて、顔を合わす内勤外勤の署員に笑顔で会釈しながらロビーを抜けて、署の表玄関から外に出た。

ＪＲ新宿駅西口へ徒歩で向かい、湘南新宿ラインの電車に乗った。

車内は通勤乗客でほぼ満員状態であり、日奈は出入り口ドア付近の吊り革に掴まって、揺られながら、つぶらな黒い瞳で車窓を流れる風景を眺めていた。

16分ほどが経過した時に、流れ去る風景の中にビルの横壁に掲げてある広告看板「店の案内図」

が、日奈の視界に飛び込んできた。

その瞬間、日奈の頭の中にピカッ！　と閃きが駆け抜けた。

つぶらな黒い瞳に映し出された広告看板が「殺害目的」を教えてくれた。

「解ったぁー！　コレだぁーッ！」

日奈は思わず奇声のような声が口から出て、大きくガッツポーズをして喜びを全身で表した。電車内に居ることが、すっぽり日奈の思考から抜け落ちていた。

周りの乗客が全員眼を剥いて驚き、一斉に異常者を見るような視線を向けた。

我に返った日奈は、（し、しまった。つい、やっちゃった。は、恥ずかしい）と、顔から火が出るかのように真っ赤な顔をして、次の駅でドアが開くと同時に駆け降りて人ごみの中に逃げ込んだ。

感情がそのまま顔に出る厄介な性質を、日奈は生まれ持っていた。

次の電車を待つ間、そして来た電車に乗っている間、そして最寄り駅で降りて自宅へ歩いて帰る間、さらには自宅へ帰ってダイニングの椅子に座って食事をしている間も、日奈のニヤニヤ顔は続いていた。

「どうしたの、日奈ちゃん。どこか具合でも悪いの？　病院に行く？」

共恵が日奈の不気味なニヤニヤ顔を覗き込んで心配した。

真犯人の殺害目的が解った日奈は、（これで事件を解決できる足がかりを掴んだ）と、難航が予

郵便はがき

料金受取人払郵便

新宿局承認

2524

差出有効期間
2025年3月
31日まで
（切手不要）

160-8791

141

東京都新宿区新宿1－10－1

(株)文芸社

愛読者カード係 行

お名前《ふりがな》		明治 大正 昭和 平成 年生 歳
ご住所《ふりがな》	□□□-□□□□	性別 男・女

お電話番号	（書籍ご注文の際に必要です）	ご職業	
E-mail			

ご購読雑誌（複数可）	ご購読新聞 新聞

最近読んでおもしろかった本や今後、とりあげてほしいテーマをお教えください。

ご自分の研究成果や経験、お考え等を出版してみたいというお気持ちはありますか。

ある　ない　内容・テーマ（　　　）

現在完成した作品をお持ちですか。

ある　ない　ジャンル・原稿量（　　　）

書　名				
お買上 書　店	都道 府県	市区 郡	書店名	書店
			ご購入日	年　　月　　日

本書をどこでお知りになりましたか?
1.書店店頭　2.知人にすすめられて　3.インターネット(サイト名　　　　　　　　　)
4.DMハガキ　5.広告、記事を見て(新聞、雑誌名　　　　　　　　　)

上の質問に関連して、ご購入の決め手となったのは?
1.タイトル　2.著者　3.内容　4.カバーデザイン　5.帯
その他ご自由にお書きください。
(　　　　　　　　　　　　　　　　　　　　　　)

本書についてのご意見、ご感想をお聞かせください。
①内容について

②カバー、タイトル、帯について

弊社Webサイトからもご意見、ご感想をお寄せいただけます。

ご協力ありがとうございました。
※お寄せいただいたご意見、ご感想は新聞広告等で匿名にて使わせていただくことがあります。
※お客様の個人情報は、小社からの連絡のみに使用します。社外に提供することは一切ありません。

■書籍のご注文は、お近くの書店または、ブックサービス(0120-29-9625)、セブンネットショッピング(http://7net.omni7.jp/)にお申し込み下さい。

想された事件解決に大きく前進した喜びが隠せなかった。

食事を終えてシャワーを浴びて、パジャマに着替えて2階の自室へ上がり、ベッドに横たわって眼を瞑ってもニヤニヤは収まらなかった。

事件解決に欠かせない最も重要な『殺害の目的』が解って、確実に大きく前進したことが日奈は嬉しくて堪《たま》らなかった。

第6章　必殺技炸裂

「おはようございます。上杉係長。新宿中央署の鳴海署長の秘書の桐島です」

「おう。桐島くんか。どうした？」

「じつは昨日、あの後で鳴海署長があのゴミ紙片がコンビニ『エイトロン中野東店』のレシートだと突き止めました。それで本日、鳴海署長が中野南署管内のそのコンビニへ行く予定をしています。ご配慮をお願いしたくて、お電話させて戴きました」

「おーっ。さすが鳴海署長だねえ。解った、了解。すぐ中野南署には一課が協力要請をしておくから、安心して鳴海署長をお連れしなさい」

「はい。ありがとうございます。よろしくお願いします」

上杉係長への連絡を終えて、秘書室から署長室へ入ったタイミングで、いつもよりも少し早い時間だったが、日奈が出勤してきた。

「あっ、鳴海署長。おはようございます。ご苦労様です」

弓子が挨拶した後、日奈のつぶらな黒く澄んだ瞳がキラキラ輝いて、いつもの何倍も笑顔がはちきれているのに気がついた。

「あれっ。何かいいことがありました？」

と、訊いた。

「うふふふっ。何でもありません。いつもと同じですよ、桐島さん。うふふっ」

日奈は不気味な含み笑いをしたまま弓子の前を通り過ぎて、更衣室の扉を開けて、中でテキパキと制服に着替えた。

制服に着替えて、少し警察署長らしくなってデスクの椅子に座ったちょうどそのタイミングで、いつものように弓子が淹れたてのコーヒーを運んできた。

美味しそうに眼を細めてコーヒーを飲みながら、少し談笑したが、昨日帰りの電車の中で真犯人の「殺害目的」が閃いて解ったことは、一言も話さなかった。

喋りたくてうずうずしていたが、日奈はぐっと我慢した。

真犯人の「殺害目的」を知れば、危険が及ぶ可能性があった。故に、弓子は勿論だが、誰にも教えないと日奈は決めていた。

それに、現時点では日奈が閃いて大喜びしている「殺害目的」が的中している確証は何一つなかった。日奈が勝手に思い込んで決めつけていただけなのだ。

秘書室のドアが開いて、小池課長が書類の束を大事そうに持って現れた。

「あらっ。小池さん」

「何してるんですか、課長っ」

弓子が眉を吊り上げて、切れ長の眼で睨んだ。

「いやね、ほら。ホノカくんたちに任せておくのは心配だから、私が桐島くんの補佐をやることにしたんだ。何か問題が起きてからでは遅いからね」

小池課長はおびえたような眼を向けて、

「定年間近で……困るんだよ。警務課の責任者は私だからね」

と、説明した。

弓子は嫌な顔をしたが、役立たずで噂をまき散らすだけのホノカらには頭を痛めていたので、天秤にかけて渋々だが小池課長の申し出を受け入れた。

「面倒かけます。小池さん。よろしくお願いします」

日奈は立ち上がって軽く一礼して、小池課長の誠意に感謝の礼を述べた。

「と、とんでもありません。鳴海署長のお役に立てれば、嬉しい限りです。何なりとお申し付けください」

小池課長は嬉しそうにペコペコ頭を下げた。

その時、秘書室のドアが開いて、

「何だ。小池課長は署長室にいたの。もう、探しましたよ」

ホノカが口を尖《とが》らせて、

「1階に、中学の時に野球部でバッテリー組んでた何とか塚という、人相の悪い男が来ていますよ」

と、面倒くさそうに眼鏡の奥のたれ眼を向けて伝えた。

「えっ。あ。そ、そうか。すぐ行く」

小池課長はホノカに答えて、日奈に一礼して慌てた様子で署長室を出た。

「へえ〜っ。小池さんは野球少年だったのですねえ」

「千葉県大会で準優勝したのを酒の席で、よく自慢しています」

弓子が眉をしかめて、

「あれでも、以前は本庁捜査三課の刑事だったんです。窃盗で捕まえた若い性悪女と結婚してから、すっかり変わりました。今では見る影もありません」

と、苦々しく教えた。

日奈は小池課長のプライベートの話には、まったく興味を示さずに、

「野球といえば、大谷さん。同じ大谷さんでも盗人《ぬすっと》博士とは大違いだわ」

同じ名前の大谷2人を勝手に比べて想像して、ケラケラ楽しそうに笑った。

「先刻、上杉さんに連絡しておきましたので、コンビニにはいつでも行けますが。どうされます？この書類の承認……先に、それとも後で？」

「勿論、コンビニです」

と、即答してドアへさっさと速足で向かった。

弓子は慌てて日奈の後に続いて署長室を出て、エレベーターで地下2階に下りた。

エレベーターに乗っている間に、弓子はスマホからメールで上杉係長に伝えた。

中野区中野東5丁目3にあるコンビニ「エイトロン中野東店」。

弓子が運転して後部座席に日奈が同乗した黒色の覆面パトカーが、そのコンビニの駐車場へゆっくり左折して入って停まった。

左奥に駐車している白色の覆面パトカーの運転席から、先乗りして待っていた上杉係長が降りて、小走りで寄って来て、

「ご苦労様です、鳴海署長。お待ちしていました」

笑顔で嬉しそうに挨拶した。

「あらっ。上杉さん。わざわざ来てくださっていたのですか」

上杉係長は、朝、弓子から連絡が来た後、すぐにコンビニ管轄の中野南署へ本庁捜査一課の協力要請事案として、公式に最上捜査一課長命令だと告げて申し付けた。

その後、コンビニに来て下準備を済ませて、日奈が訪れるのを待っていた。

どこの所轄警察署でも、女性のキャリア署長を快く受け入れるとは思えなかった。

まさか表立って嫌がらせやセクハラなどはできないだろうが、鳴海署長が僅かでも嫌な気分を味わうのを防ぎたかった。最上捜査一課長の意志でもあった。

上杉係長自身が日奈と関わるようになって変貌する前までは、女性蔑視を当たり前のように日常的にやっていた。故に、他の所轄警察署の警官らの、女性署長に対する感情や思いが手に取るよう

に解っていた。

鳴海署長が管轄外の地域で活動する際は、必ず同行する予定にしていた。

コンビニ店内には、店のオーナーと店長が待っていた。

「こちらが新宿中央署の鳴海署長です」

上杉係長がかしこまって敬う姿勢を見せつけるようにして日奈を紹介した。

「オ、オーナーの瀬戸と申します。これは店長の田村です」

緊張して少し紅潮した顔で、２人揃って頭を下げて積極的に協力する姿勢を示した。

「新宿中央警察署の鳴海です。ご協力感謝します」

日奈は可愛らしい顔に笑みを浮かべて、丁寧に挨拶してお礼を述べた後、店内を見回して防犯カメラの位置と台数を確認した。

「あれら、店内５台と店外２台の防犯カメラの、９月の映像記録チップを提供してください」

オーナーはすぐに店長と他の従業員に指示して、すべての防犯カメラの映像記録チップを取り出して日奈に手渡した。日奈は用意していた新宿中央警察署発行の「預かり証」を作成して、

「大切に使わせて戴きます。ありがとうございます」

と、丁寧に礼を尽くした。

日奈と弓子と上杉係長は、オーナーと店長らに見送られて店を出た。

駐車場に停めてある車へ向かいながら、

「お忙しいでしょうに。ありがとうございました」

並んで歩く上杉係長の顔を、小柄な日奈は少し見上げるようにして視線を向けて礼を述べた。

「鳴海署長。その映像記録チップから、本人の映像を見つけるのは大変な作業になります。私どもでやりましょうか？　機材も人員も確保できます」

「いえ。お断りします」

日奈は即座に断り、

「こんなにドキドキワクワクできる時間は、お金でも買えません。どんなによく出来た映画や小説なんかよりも、何倍も、いや何百倍も楽しいわ。私の楽しみを奪わないでください」

流し眼を向けて軽く睨み、ケラケラ笑った。

「そう云われてしまうと、引き下がるしかありません。上手く断りましたね」

上杉係長は眼を細めて白い歯をのぞかせた。

弓子が運転する黒色の覆面パトカーの後部座席に日奈は同乗して、上杉係長に見送られて駐車場をゆっくり出て右折し、赤色灯を光らせて新宿中央警察署へ向かった。

7階署長室に隣接する秘書室ではその頃、

「秘書の仕事を奪うなんて、許せませんッ！　横暴ですッ！　パワハラですッ！」

「だから、前から云っているだろホノカくん。君と彩乃くんはあくまでも桐島くんが必要な時に、手伝いをする臨時補佐であって……雑役係がそもそも君たちの仕事なんだ」

いつもは簡単に引き下がる小池課長が、珍しく額に汗して必死に説得を続けた。

「おかしいじゃないですかッ！　課長はこれまで桐島係長を怖がって、秘書室に来るのさえ避けていたくせにッ！　課長が雑役係をやってくださいッ！」

妹分の彩乃が駆けつけてキンキン声を張り上げて参戦したので、狭い秘書室は怒声が飛び交って壁に反響して姦《かしま》しく外に響き渡った。

秘書室のドアがバァーンッと開き、

「何を騒いでるのっ！　場所をわきまえなさいっ！」

戻ってきた弓子が切れ長の眼に怒りを込めて、ホノカと小池課長と彩乃の3人をまとめて叱り飛ばした。

「すみません。鳴海署長。お見苦しいところを……」

弓子はやつれた表情をして、日奈が座るデスクへ歩いて近づき、

「私の周りは……どうしてこんな役立たずで、世話ばかりやかせる連中が揃うんでしょう。もう、疲れ果てて嫌になります」

と、珍しく愚痴《ぐち》をこぼした。

「すみません。気を付けます」

日奈が小さくなってペコッと頭を下げた。

「あっあっ、ち、ち、違います。鳴海署長のことではありません」

「いいえ、桐島さん。いいのです。自覚していますから。えへっ」

上眼遣いに視線を向けて、可愛らしくペロッと舌を出して首をすくめた。

そこへ、署長室のドアが気ぜわしくノックされて開き、井沢が太い眉を吊り上げて鬼瓦の形相で、ドスドスッと床を踏み鳴らして入ってきた。

「何をしとるんだ貴様ーッ！　ちゃんと署長秘書の仕事をしろーッ！」

蝮《まむし》眼を剥いた恐ろしい形相で激高して、殴りつけるような勢いで弓子に詰め寄った。

「す、すみません」

弓子は切れ長の眼を伏せて詫びた。

外出することを井沢に伝えるのを、日奈の気持ちを優先して後回しにしていた。

慌てて日奈が間に割って入り、

「桐島さんを叱らないでください。私が悪いんです。私のせいなんです」

外出することを井沢に伝える時間を、弓子に与えなかったことを謝罪した。

署長の動向をすべて把握しておくのが副署長の重要な責任ある仕事の一つであることを、日奈は知っていた。

にもかかわらず、せっかちで猪突猛進の困った性質の日奈は、コンビニへ早く行きたい一心で気が急《せ》いて、そのことが頭からすっぽり抜け落ちていた。

日奈は、眼に涙を溢れさせて神妙な顔で華奢な肩を僅かに震わせて、心から反省して深々と頭を下げた。

（おいおい、どうなっとるんだ……反撃してこないぞ？）

てっきり開き直って、「警察署長権力を振りかざして牙を剥く」と、予想していた井沢は、素直に過ちを認めて心を込めて謝罪する日奈の姿に、拍子抜けして、蝮《まむし》眼を剥いて驚いた。

（へえ〜っ。ちゃんとしてるじゃねえか……桐島をかばって、副署長の俺に頭を下げるとは……この小娘。うふふっ）と、荒廃した心の中に、爽やかな心地よい風が吹いたのを井沢は感じた。この時から、井沢の日奈を見る眼が大きく変わった。

「署長。俺にも仕事をやらせてください」

井沢がデスクに両手を突いて、日奈の顔を覗き込むようにして云った。

「えっ？　……？」

涙をためたつぶらな黒い瞳の視線を井沢に向けて、小首をかしげた。

「中野のコンビニから、防犯カメラのチップを持ち帰りましたよね」

「えっ？　それを、どうして井沢さんが……」

「見縊《みくび》ってもらっては困りますねえ。俺はこれでも、所轄副署長会の会長を長年やっているのですよ。中野南署の副署長の笹川からすぐに連絡が来ました」

「井沢さんには隠し事ができなくて、筒抜けになるということですね。えへっ」

「そういうことです。鳴海署長。うふふ。その防犯カメラのチップの解析作業は、俺に任せてください。署長のことだから、一人でやるつもりなのでしょうが。9月のレシートで日にちが解らないのであれば、最悪720時間かかりますよ」

「はい。でも……運が良ければ1分で済むかもしれません」

負けず嫌いで意地っ張りの日奈は、井沢の云うことを素直に受け入れるのが癪《しゃく》だった。

まるで小生意気な子供のような受け答えに、日奈の性格が少しずつ解ってきていた井沢は思わず噴き出して、

「確かに1分で済むかもしれませんが。鳴海署長は700人の署員のトップだということを忘れてはいませんか。俺たちの立場も考えてください。こんな仕事を署長にやらせていることが外にばれたら、俺は大恥をさらすことになります」

「……そこまで考えが及びませんでした。すみません」

「最悪の場合を考えると、4、5日はかかるかもしれませんが、必ず署長の期待に応えてみせます」

と、井沢は述べて、日奈が持つチップを渡すように促した。

日奈はポケットから7枚のチップを取り出して、

「それじゃ、お願いします」

ぺこりと頭を下げて、井沢に防犯カメラ映像記録解析を任せた。

井沢が退室してドアを閉めたのを確認して、

「井沢さんを信用して、大丈夫なんですか？」

弓子が声を潜めて囁き訊いた。

「ええ。心配ありません」

日奈は余裕の表情で、八重歯をのぞかせてにっこり微笑んだ。

「でも、鳴海署長。もしも、細工をされて映像を消されたりしたら……せっかくの苦労が水の泡になってしまいます。悔しくはないですか」

「全然平気です。あのコンビニの防犯カメラ映像記録のチップが、万が一すべて破棄されたとしても何ら問題ありません。でしょう？」

「あっ、そうかっ。そうでした。9月某日にコンビニ『エイトロン中野東店』に、泥棒男が現れた事実は消えません。泥棒予定地域外でした」

「そうです。コンビニ周辺の防犯カメラ映像記録チップを集めれば、済みます。井沢さんも馬鹿ではないでしょうから、それくらいは解っているはずです」

「それで、井沢さんにすべて丸投げして任せたのですね」

「ええ。井沢さんが思いもよらずに、申し出てくれたので、『しめたっ。ラッキーッ』と思いました。だってよくよく考えたら、最悪720時間かかるんですよ。上杉さんには『私の楽しみを奪わないでください』なんて云いましたが、とても一人ではできません。何日も寝られないんですから。本当は困っていたんです。エヘッ」

と、首をすくめてペロッと舌を出して笑った。

「井沢さんは狡猾《こうかつ》な悪だと思っていましたが、鳴海署長はその上をいく超狡猾《こうかつ》な極悪人だったのですねえ。うふっ。うふっ」

「うふふっ。今頃気がつきましたか、桐島さん。まだまだ、こんなの序の口ですよ。これからが本番です。乞うご期待。な〜んて。キャハハハッ」

井沢の本心は解らないが、そんなことは日奈にはどうでもよかった。今は、どんな手を使っても真犯人を突き止めることしか頭にない。その為には、必要なら嘘もつくし小芝居でも何でもやる腹を決めていた。

6階会議室3号。

並べた長テーブルの上に、7台のモニターと機材が設置されて、防犯カメラ映像記録チップの映像解析準備が、井沢の指揮でテキパキと行われた。

「どういうことですか、井沢さん。まさか、本気であの小娘キャリア署長の手助けを？」

「何か考えがあるんですよねえ、副署長」

「当然だろ。井沢さんが女の軍門に下る訳がないだろ。ハハハッ」

「お前ら、いい加減にしろッ！　これは捜査の一環だっ。それとこれとは別次元の話だっ。取り違えるんじゃねえ。この馬鹿者らがーっ」

井沢は怒りを露《あら》わにして蝮《まむし》眼を剥いて、呼び集めた幹部連中を一喝した。

そして、いら立った顔で、

「それぞれの課と部署は、5名ずつ署員をここへ配置しろ」

と、語気を荒げて、

「集合時間は午後3時だ。1秒でも遅れたところは、後悔するぞ」

不満げな幹部連中の口を封じて、睨みを利かせた蝮《まむし》眼を向けて恫喝《どうかつ》まがいの言葉を吐いた。

それぞれの課と部署から、選抜された5名ずつの署員が三々五々集まって、午後3時には総勢35名の署員が揃った。35名の内訳は、男性警官が4名、女性警官が31名だった。理由は云わずもがなで、「女にやらせればいい」と、女性蔑視に他なかった。

後で知った日奈は、バァーンッ！　とデスクを力いっぱい叩いて悔しがった。


4日後、午後2時17分。

7階の署長室のドアが、ドンッドンッと力強くノックされて開き、井沢がにんまりした顔でドカドカと床を踏み鳴らして入ってきた。

「あらっ、井沢さん。いらっしゃい」

書類の承認をしていた手を休めて、日奈は八重歯をのぞかせた笑顔を向けて迎えた。

「やりました。盗人《ぬすっと》博士の姿を撮った防犯カメラの映像記録を、見つけました」

明らかに寝不足の赤い蝮《まむし》眼を細めて、嬉しそうに口の端を上げて、

「これがその映像場面のプリントアウトです」

二十数枚の写真用紙を封筒から取り出して手渡した。

「うわっ。凄ーい。凄いわ、井沢さん。お疲れさまでした」

日奈はつぶらな黒い瞳を輝かせて、手に持った写真用紙を食い入るように見ながら感嘆の言葉を述べて、井沢の労をねぎらった。

盗人《ぬすっと》博士（大谷秀樹）が、コンビニ「エイトロン中野東店」に現れたのは、9月29日午後3時46分13秒だった。

「29日でしたね……ほんとにご苦労様でした」

日奈は日付を見て内心ギョッとしていた。単純計算で、一人でやっていたら700時間くらいが必要だった。早送りを交えても、500時間くらいは優にかかるはずだった。

弓子はすぐにスマホからメールで上杉係長に、

〈29日の午後3時46分でした。40分後くらいに向かう予定にしています〉

と、日奈が行く時間を伝えて、現地で合流することにした。

日奈は腕まくりをして、超特急スピードで書類承認を片付けた。

「では井沢さん。留守をお願いします」

井沢に出かけることを伝えて、

「行きましょう。桐島さん」

日奈は弾んだ声で弓子を促して署長室を飛び出した。

（本来なら、それも我々の仕事なのだが……うふふっ）と、井沢は蝮眼《まむし》を細めて、諦め顔で太い眉を下げて苦笑いをして見送った。

現場のコンビニ「エイトロン中野東店」前付近の路上に、弓子が運転して後部座席に日奈が同乗する黒色の覆面パトカーが、予定の合流時間よりも大幅に早く着いた。

上杉係長はまだ到着していなかったが、せっかちな日奈は待つ時間が惜しくて、「姿なき盗人《ぬすっと》博士」の足取りを追う作業を開始した。

「この写真から、彼はそこのコンビニを出て左に向かって歩いているわ」

「この道を向こうですね。でしたら、あの美容室の防犯カメラに映っていますね」

「ええ。それと、あっちのマンションの玄関についている防犯カメラにも映っているはずだわ。まず、この2台の防犯カメラの映像記録チップを、確認しましょう」

そこへ、少し離れた場所にある交番から警官が駆け寄って来て、

「おいおい、お前ら何をやってるんだッ！」

いきなり乱暴な言葉で怒鳴った。

日奈と弓子は驚いて振り返った。

その警官、黒部太吉（51歳）巡査は、眉を吊り上げて眼をぎらつかせて睨み、道路の中央に仁王立ちして日奈と弓子を威圧した。

すぐに弓子が、切れ長の眼で睨み返して、

「こちらは新宿中央署の鳴海署長です。私は秘書の桐島警部補です」

と、名乗った。

「それがどうしたっ？　ん？　ここは管轄外だろっ。他のシマに来てデカいツラするんじゃねえ。何が署長だっ！　女のくせに出しゃばるんじゃねえ」

「何かお気に障《さわ》ったのでしたら、謝ります」

日奈は八重歯をのぞかせた可愛らしい顔で、ペコッと頭を下げた。

「ふざけんなっ、てめえ。女のくせに俺を馬鹿にしてんのかっ！」

「ちょっとあんたっ。いい加減にしなさいよ。何ですか、その態度はっ」

冷静沈着な弓子だが、鳴海署長に対する無礼極まる言動が許せず、空手アスリートの血が騒ぎ、拳を握り締めて回し蹴りの体勢に入った。

日奈がすぐに弓子に目配せして、（相手にしては駄目です）と伝えて止めた。

「ふん。キャリアだか何だか知らねえが、20代の女が警察署長だと？　笑わせるなっ。バカバカしくてやってられねえよ。女はおとなしく、花嫁修業でもしてろっ。メス豚っ」

黒部は白眼を剥いて睨み、日奈に向かって口汚く卑しめる罵詈雑言《ばりぞうごん》を吐いた。

日奈は哀しくて辛くて苦しくて悔しくて……唇を噛んだ。

女性蔑視を一朝一夕に無くせるとは思っていなかったが……遠い、とても遠い、遥か彼方への道のりになることを思い知らされた。

こうした問題警官は、各所轄の警察署に数は少ないが必ず存在する。

頭が悪いくせに勉強もしない。何一つ努力も苦労もしない。当然、昇進試験に合格するはずもなく、若い後輩にどんどん抜かれてみじめな思いを強いられ、卑屈になって根性が捻じ曲がる。

そして、ある年齢を過ぎると、昇進と昇任を諦めて開き直る典型的なパターンだ。

日奈の階級と地位への妬《ねた》みが加わった女性蔑視はみるみる増幅《ぞうふく》して、聞くに堪《た》えない言葉で日奈を口汚く罵《ののし》った。

純真で一点の汚れもない真っ白な日奈の心に、何本もの槍が突き刺さった。

それらすべてを胸に収めて、日奈はにこやかな笑顔を絶やさなかった。

怒りで体を震わせる弓子を促して、停めてある黒色の覆面パトカーに戻って新宿中央警察署へまっすぐ帰った。

気分直しにと弓子が淹れて運んできたコーヒーを、応接セットのソファに、テーブルを挟んで向かい合って座り、寛いで飲んでいる時、署長室のドアがノックされて開き、

「す、すみませんでしたっ。鳴海署長っ」

上杉係長が色を失くして訪れた。

「事情は聴きました。申し訳ありませんでした。あの交番に問題のある警官が勤務しているとは微《み》塵《じん》も思いませんでした。私の失態です」

「いいえ。すべて私が悪いのです。上杉さんと合流する前に、始めてしまいました」

「悪いのは、私です。同行していながら……」

他人を思いやる心を持つお人好しの3人は、罪の背負い合いをした。

3人は意地っ張りなところがあり、微笑ましい、無意味なやり取りが続いた。

日奈がスックと立ち上がり、

「これでは埒《らち》が明きませんね。では、こうしましょう」

と、云って、デスクへ行って白紙の用紙にあみだくじを作成して持ってきた。

そのあみだくじを見た瞬間、弓子と上杉係長が噴き出して笑った。

何と、そのあみだくじの名前の中に、でかでかと太文字で『落第警官』と書いて中野南署交番のあの警官を入れていた。

「くじを引くまでもなく、罪のあるやつが決まりましたね。こいつだ。ハハハッ」

「大当たりです。上杉係長。大罪はこの大馬鹿ヤロウ警官です。ウフフフッ」

日奈のユーモア溢れるアイデアで、暗く沈んでいた空気が吹き飛んで笑いに変わった。

笑うことが大好きで、笑わせることがもっと大好きな日奈の本領発揮だった。

こうして努めて明るく振る舞う日奈だが、心が深く傷ついていることを、弓子と上杉係長は感じ取っていた。

「あの問題警官は、中野南署でも手を焼いていました。手を打ちましたので、もう大丈夫です。どうしますか？　これから行きますか？　それとも明日に？」

「いいえ。あのコンビニからの足取りを追うのはやめにしました」

「えっ？　署長。諦めるんですかっ？　せっかくここまで苦労してやられたのに」

「そうですよ。鳴海署長。もう二度と嫌なことは起こりません。一課から人員も連れてきましたから、完璧な態勢で行えます。約束します」

「そうじゃないんです。やる必要がなくなった、いえ、やっても無駄なことが解ったんです。あのコンビニから足取りを追っても、住んでいた居場所は突き止められません」

「そ、それは……どういう意味ですか？」

「私も、ついさっき気がついたんですけど。間違っていました。まず、これを見てください」

デスクの引き出しから写真を数枚出してきて、応接セットのテーブルに並べて置いて弓子と上杉係長に見せた。

「これは……殺害された大谷秀樹の現場鑑識写真ですね」

「こちらは……コンビニの防犯カメラが撮った泥棒男の映像記録の写真」

「彼の服装がヒントです」

と云って、日奈はにやりと笑った。

大谷秀樹（姿なき盗人《ぬすっと》博士）の遺体発見現場鑑識写真に写っている服装は、上下白色のスーツに紺色のワイシャツに紅色のネクタイで鰐《わに》革靴、一方、コンビニの防犯カメラの映像記録の写真の服装は、黒のニット帽に紺のブルゾンで鼠色の作業ズボンに黒色の運動靴。

「なるほど……そういうことですか」

「私も解りました。泥棒男らしいですねえ。うふふっ」

「そうです。お2人が解ったように、遺体発見現場鑑識写真の派手で目立つ服装は、警察に出頭する時の服装です。そして、コンビニで買い物をした時の地味な服装は、仕事（空き巣）をする時の服装に相違ありません」

「つまり、仕事に行く途中で、あのコンビニに立ち寄って買い物をした」

「ええ。アンパン2個と紙パックのお茶を購入していました。彼は、仕事をする時には必ずアンパンを食べています。ルーティンだと裁判で本人が口述しています」

「仕事に行く泥棒男の足取りを追っても無駄ですね。泥棒予定地域内の防犯カメラ対策は万全でしょうから……姿が消えています。ですよね、鳴海署長」

「ええ。コンビニへ買い物に来る前にも、おそらく地域内を通過して姿を消しているわ。彼の用心深いのは折り紙付きなんです。裁判官や検事までも感心させていました」

「へえ〜っ、凄いですねえ。さすが伝説の姿なき盗人《ぬすっと》博士ですねえ」

「私って、ホントにせっかちで早とちりで愚かだわ。目新しいものにすぐに飛びついて浮かれて調子に乗って、大切なものを見落としていました。この写真を見た時に気づくべきでした。情報はたくさんあったのに……」

と云って、悔しそうに唇を噛んだ。

「おっしゃってる意味は解ります。殺害された遺体を出発点にすべきだった。ですね」

「そうです。あの服装は警察署に出頭する服装でした。警察に出頭する者が、防犯カメラなどを警戒しますか？　無警戒だったはずです」

「だとしたら、逆の足取りが追えます。ですよね、鳴海署長」

「ええ。あの遺体発見現場の公園から、防犯カメラの映像記録を辿れば、彼が住んで生活していた居場所が解ります」

「さすが、鳴海署長。バッチリです。遺体発見現場付近の防犯カメラ映像記録チップは、捜査本部立ち上げと同時に、捜査員が手分けしてすべて集めています」

「そのチップは保管されているのですか？　それともすでに……」

つぶらな黒い瞳を輝かせて、日奈が身を乗り出して訊いた。

「捜査本部がすぐに解散して捜査が打ち切られましたので、防犯カメラの映像記録解析の作業はしていませんが、チップはこちらの刑事課で保管しているはずです」

「桐島さん。すぐに林刑事課長と井沢さんを呼んでください」

「はいっ。承知しましたっ」

弓子は切れ長の眼を光らせ、男前の顔を少し紅潮させて勇んで署長室を飛び出した。

５分足らずで、井沢と林課長を署長室に連れてきた。

この頃には、署長命令の発動は必要なくなっていた。拒む署員は誰一人いなかった。

日奈は、井沢と林課長に概要を説明して、

「大変でしょうが、遺体があった公園から足取りを遡《さかのぼ》って、住んで生活していた居場所を突き止めたいのです。よろしくお願いします」

と、頭を下げて頼んだ。

「お任せください。鳴海署長」

井沢は蝮《まむし》眼を向けて、にっこり微笑んで二つ返事で快く引き受けた。

不満顔の林課長を蝮《まむし》眼でひと睨みして準備をするように顎で促した。

所轄警察署の最大規模を誇る新宿中央警察署で絶大な力を持つ副署長井沢が、号令を一声掛ければ、幹部連中を含めて700人の署員が眼の色を変えて動く。

井沢は日奈の意を受けて、人員の手配から役割分担を細かく指示して、大掛かりな「盗人《ぬすっと》博士」の足取りを遡《さかのぼ》る作業を開始した。

(なるほど……井沢さんの態度が豹変したのは、これが狙いだったのね)と、日奈と正面からやり合うことを避けて、署長に従う副署長の役を演じている井沢の腹を、弓子は次のように透視した。

狡猾《こうかつ》な井沢は女性蔑視を一旦棚上げした。

鳴海署長が独断で決めて始めた、事件の真犯人を突き止める難捜査に、署長を支える副署長として全面的に協力する。

○もし、万が一にも、鳴海署長が真犯人を突き止めて事件を解決すれば、全力で支えた副署長の功績が高く評価される。
○事件が解決できなければ、鳴海署長は責任を問われるが、署長の指示に従って副署長の仕事を全うした井沢の評価は逆に上がる。
どっちの目が出ても、井沢は得をする作戦を練り上げて実行していると弓子は読んだ。

叩き上げで苦労して副署長の座に就いた井沢は、実力もさることながら世渡り術に長《た》けていた。

世間知らずで純真で無垢な日奈とは天と地ほどの違いがあった。

そんな井沢が蝮《まむし》眼を剥いて、必要な人員を集め、それぞれの役割分担を細かく差配して陣頭指揮をした結果。翌々日の午後2時頃には、

「鳴海署長。ここまでの足取りが遡《さかのぼ》れました」

署長室を訪れて、手にした住宅地図をおもむろにデスクの上に広げて、

「ここを最後に、防犯カメラの映像記録から姿が消えています」

と、指で示して報告した。

「うわっ。凄いっ。さすが井沢さんですねえ。ここまでを2日で突き止めるなんて、信じられません」

と、つぶらな黒い瞳を輝かせて、デスクの上に広げられた地図に見入った。

「住所まで辿り着けなかったのが、残念で仕方がありません」

「いえ、井沢さん。充分です。きっとこの近くに住んでいたはずです。ここまで解れば、もう突き止めたも同然です。ご苦労様でした」

「これが、プリントアウトした写真です」

井沢は封筒から数十枚の写真を取り出して、デスクの上に順に並べて置いた。

日奈はすぐに写真を手に取って確認した後、

「あの遺体発見現場の公園付近の写真がありませんが……付近には防犯カメラは無かったのですか？」

上眼遣いに井沢をいぶかしげに見て訊いた。

「いえ。交番もありますから、防犯カメラは数台あるのですが……映像記録チップが欠落していました。おそらく、どこかに紛《まぎ》れ込んでいると思います。探しましょうか？」

「はい。是非、探してください。事件の解明には必要です」

「それでは、そのチップ探しと、姿が消えた付近の防犯カメラの映像記録チップを、隈なく集めさせて確認する捜査を続行します」

「はい。お願いします。私は、これから、この場所へ行きますので、後をよろしくお願いします」

日奈は姿が消えた場所へ行くことを井沢に伝えて、井沢が署長室を退出するのを見送った後、手早く出かける準備をした。

「よかったですねえ、鳴海署長。落合南ならウチの管轄内です」

「ええ。上杉さんのお手を煩《わずら》わせなくて済みます。さあ、行きましょう。ウヒヒッ。楽しみ〜っ。どんなお部屋に住んでたのかしら〜っ。ウシシッ」

「あらっ。もしかして署長は……あの泥棒男の住んでた場所が、解ったのですか？」

「ええ。この地図を見て、すぐに解りました」

日奈はデスクの上に広げた住宅地図の1点を指差して、

「このアパートです。つばき荘」

と、自信満々に八重歯をのぞかせて教えた。

弓子が運転する黒色の覆面パトカーの後部座席に日奈は同乗して、姿なき盗人《ぬすっと》博士が住んで生活していた落合南9丁目5番12号の「つばき荘」へ向かった。

向かう途中の車中で、

「彼がこれまでに住んでいたアパートには、共通する条件が3つありました。この『つばき荘』には、その3つの条件がピッタリ揃っていたんです」

日奈は楽しそうに説明した。

○すぐ近くに川があって、せせらぎが聞こえる。

○公園が隣接していて窓から樹木が眺められ、朝は小鳥のさえずりで目覚められる。

○200メートル以内に寺院があり、窓から拝める。

「へえ〜っ。本当に変わっていますねえ。笑っちゃいます」

「私が思うに、傍から見れば質素でちっちゃな気にも留めないようなことに、彼は価値と楽しみを見出して、心豊かに暮らしていたんでしょう。素敵だわ」

「でも……何だか……切ないですねえ」

「ええ。社会の歪《ゆが》みの犠牲者で、泥棒の世界に身を落としてしまいましたが……かわいそうな人です。しかも……最後は……真犯人は許しません」

「着きました。あれですね」

弓子が前方の古い建物を指差した。

「つばき荘」は築45年ほどの木造2階建ての典型的なアパート様式だった。

1階2階合わせて1DKが計16部屋で、学生や独身サラリーマンが居住していた。

「2階に住んでいるはずだから……おそらく、あのお部屋ね」

日奈は向かって左から2番目の部屋を指差した。他の部屋は洗濯物が干してあった。

「家主を訪ねて、合鍵を預かってきますので、ここで待っていてください」

と云い残して、弓子は同じ敷地内の大きな邸宅へ大股で向かった。

当然、せっかちな日奈は待っていられる訳がなく、さっさと階段を上がって、2階の202号室の前に行くと、玄関のドアが僅かに開いていた。

(あらっ。開いてるわ……)と、ドアノブを握って開けて、

「ごめんください」

と、声を掛けて玄関の中へ入って部屋を覗き見た瞬間、

「うわッ！」

思わず仰《の》け反《ぞ》って後ずさった。

部屋の中では、一見して怪しい鼠色のジャンパーを着た中年男が、部屋の中を物色していた。その男は、ギョッとして眼を剥いて振り返り、日奈とまともに眼が合った。

日奈は慌てて玄関から外へ出て、廊下を走って左方向へ逃げた。

すぐさま日奈の後を追って、中年男が恐ろしい形相で飛び出して来て、廊下を走って逃げる日奈を追いかけた。

異変に気づいた弓子が、振り返ってアパートに視線を向けて、

「うわっ！　た、大変っ！」

血の気を失くして叫び、

「し、署長っ。逆です。そっちは行き止まりですッ。階段は右ですッ」

声を張り上げて教えたが、遅かった。

日奈は廊下を階段とは逆の、鉄柵で行き止まりになる方へ逃げていた。

追い詰められて鉄柵を背にした日奈は、中年男と向き合った。

中年男はいかつい脂ぎった顔の眼をぎらつかせ、小柄で華奢な日奈を追い詰めた余裕で、にやりと不敵な笑みを浮かべてじりじりと迫ってきた。

日奈は右足を少し後ろに下げて、僅かに腰を落とした。

遠目に日奈の動きを見て、

（あれっ。もしかして鳴海署長は……誘《おび》き寄せている？）と、空手3段の空手アスリート弓子は、武道者として瞬間的に感じ取った。

日奈は、少し指を開いた手を胸の前に置いておびえたように見せて、眼線を下げて中年男を安心させて、頭の中で、3、2……とカウントダウンを始めた。

すっかり安心した中年男が、口を歪《ゆが》めてじりじりと距離を詰めて襲い掛かる体勢に入った。その時、

「ゼロッ！　えいっ！」

僅かに沈めた腰を回転させながら右足の甲で、中年男の股間をめがけて力いっぱい蹴り上げた。

「グォギャーーッ！」

中年男は断末魔の悲鳴を上げて、悶絶してぶっ倒れた。

日奈の足元で、中年男は白眼を剥いて口から泡を吹き、激痛に耐えられずに、

「ウググッアウグッ」

と、呻《うめ》き声を上げて、股間を両手で押さえて廊下を転げ回って悶《もだ》え苦しんでいた。

弓子が駆けつけた時には、完全に勝負がついていた。

弓子が中年男の顎に、ヒールで一発蹴りを入れて脳震盪《のうしんとう》を起こさせて仮死状態にさせた。

「それにしても、凄いですねえ。一撃で倒すなんて……空手の有段者でも、実戦では難しいです。鳴海署長は、どんな武道を？」

「いいえ。親友の千広ちゃんに教わっていたんで、実践してみました。でも、ちょっと失敗しました。もう少し腰の回転を利かせるべきでした。このくらいかしら？」

日奈はしきりに反省して、腰を回転させて見せた。

「あれで充分です。鳴海署長。あれ以上威力を強めたら、完全にツブしてしまいます」

「あらっ、そうなんですか？　なにしろ初めてなものですから。加減が難しいですねえ。まあ、これは後で練習するとして、お部屋の中を確認しましょう。この男の人が、何かを物色していましたから」

と、ケロッとした顔で弓子を促した。

「はい。こいつは当分動けないから、放置していても大丈夫です。行きましょう」

部屋の中は中年男に物色されて物が散乱していたが、綺麗に掃除が行き届いていたのは一目瞭然だった。

家具類はほとんどなく、壁に面して置かれた書棚にたくさんの本があった。後は小さなこたつ兼用のテーブルと、小さな古いテレビと冷蔵庫があるだけの、独り住まいの男子学生よりも粗末で質素な部屋の風景だった。

「このお部屋で……独りで暮らしていたのね。きっと……寂しい夜もあったでしょうに……かわいそう」

日奈は哀しげな表情でつぶやいた。

窓から外を見ると、隣接する公園の樹木が眼の前に広がり、木々の間から正面に寺院が視界に入った。何を願い祈っていたのかは解らないが……。

アパートの横を流れる川からは、耳を澄ませばかすかにせせらぎが聞こえてきた。

「これらが唯一無二の贅沢な楽しみだったなんて……あまりにも」

その気になれば、容易に莫大な蓄財をして豪邸に住み、贅沢三昧の暮らしができる天才的な泥棒技術を持っていた姿なき盗人《ぬすっと》博士は、ひっそりと息を潜めて慎ましく、世を捨てた貧しい暮らしをしていた。

人には人それぞれの運命がある。

これが姿なき盗人《ぬすっと》博士の運命だとしたら、あまりにもかわいそう過ぎる……。

「最後は拳銃で撃ち殺されて、68年の生涯を閉じるなんて……」

日奈はやるせない気持ちが抑えられなくて、澄んだ眼に涙を溢れさせた。

「鳴海署長……そろそろ」

「あっ。そうですね。帰りましょう」

「せっかく署長が、苦労されて居場所を突き止めたのに、収穫がありませんでしたね」

ヒールを履いて先に廊下に出た弓子が、残念そうに云った。

「いいえ。暮らしていたお部屋が見られて、よかったです。それに、罠を仕掛ける前に、獲物がかかってくれました。大収穫ですよ、桐島さん。ウフッ」

「えっ？　罠？　獲物？　……大収穫って……もしかして、あの中年泥棒男ですか？」

「はい。桐島さん。あの男の人が、姿なき盗人《ぬすっと》博士を殺害した真犯人です」

「ええ〜っ！　こ、こいつが真犯人なんですかっ？」

弓子が切れ長の眼を見開いて驚き、意識が戻ってよろめきながら廊下の柵に掴まって立ち上がった中年泥棒男を指差した。

「お、俺は違うっ。俺は博士を殺したりしてないっ。ほ、本当だっ」

顔中に脂汗を浮かべた中年泥棒男は、必死の形相で口角泡を飛ばして否定した。

「もう一発喰らって、とどめを刺されたいのか？　さっさと乗れっ」

弓子に尻を膝で蹴られて、停めていた黒色の覆面パトカーの後部座席に、中年泥棒男は押し込まれた。シートベルトで動けないように縛りつけた後、日奈は助手席に乗ってシートベルトを締め、弓子は運転席に乗って屋根に赤色灯を出した。

エンジンをかけると同時に、赤色灯が回転を始めて眩いばかりの光を放ち、サイレンのスイッチを押して、けたたましいサイレン音を鳴り響かせながら発進した。

黒色の覆面パトカーは、渋滞している一般道路を進み、

「緊急車両が通過しますっ。緊急車両が通過しますっ。前の車ッ！　道を空けなさいッ！」

弓子がスピーカーで激しく怒鳴り、他の車両を強制規制する覆面パトカー3点セットの赤色灯・サイレン・スピーカーで威嚇をフル活用して、あっと云う間に新宿中央警察署に到着した。

黒色の覆面パトカーはサイレン音を消して、ゆっくり地下2階の駐車場へ入った。

この時点では誰も、日奈と弓子が「桜道交番裏公園殺人事件」の真犯人を、捕まえて連行したことを知らなかった。

第7章　連鎖殺人事件

「あ、あんたが……本当に、この新宿中央署の……署長なのか？」

「ええ、新米ですが、署長です」

「う、嘘だろ……こんなに若い……しかも女が」

大きく豪華なデスクの椅子に座る日奈を、デスクを挟んだ正面に置いたパイプ椅子に座らされた中年泥棒男は、信じられない表情でつぶやくように云った。

「あなた、お名前は？」

「さ、斎藤だ。斎藤一郎」

「本名は？」

「ほ、ほ、本名だ。本名に決まってるじゃねえか」

そこへ、秘書室から弓子が、冷えた麦茶の入ったグラスを2個盆に載せて現れ、

「冷えた麦茶です。どうぞ」

日奈にグラスを1個手渡して、

「お前も飲め。喉が渇いているだろう。サービスだ」

中年泥棒男の眼の前のデスクにもう1個のグラスを置いた。

「おう。ありがてえ。喉がカラカラだったんだ。気が利くじゃねえか」

中年泥棒男は、麦茶の入ったグラスを右手で持って口に運び、ゴクゴクッと喉を鳴らして一気に飲み干した。

「ごちそうさまでした」

日奈は3口飲んだ後、グラスを弓子に手渡した。

弓子は受け取ったグラスを盆の上に置き、中年泥棒男が飲み終えてデスクに置いたグラスを指で摘まむようにして盆の上に並べて置いた。2個のグラスを載せた盆を持って秘書室へ大股で戻り、すぐに鑑識課へ連絡して課員を呼んで指紋照合を指示した。

「姿なき盗人《ぬすっと》博士のお部屋で、何をしていたのですか？　嘘は駄目ですよ」

「し、CDだ。以前、博士に貸していたのを返してもらおうと思って探したんだが、なかったよ。諦めて帰るとこだったんだ。本当だ。嘘じゃない」

「説得力に欠けますねえ。もう少し、工夫したらどうですか？　飯塚さん」

デスクの上に置いて開いたパソコンの画面に、鑑識課から指紋照合結果が送信されて表示された。

「ち、畜生ッ……やりやがったな」

「飯塚邦夫。59歳。前科4犯。半年前に大門刑務所を出所」

日奈はつぶらな黒い瞳を険しくして、

「姿なき盗人《ぬすっと》博士を殺害したのは、あなたですねっ。飯塚邦夫っ！」

飯塚を睨み見据えて問い詰めた。

「おっ、俺じゃねえっ。俺が博士を殺したりできる訳がねえ。ほ、本当だっ。博士には、生涯かかっても返せない恩があるんだっ」

と、必死の形相で云った。

すぐに日奈は反応して、

「恩とは？　どんな？」

両手を折り曲げてデスクに置いて、上体を前かがみ姿勢にして訊いた。

「ケッ。あんたには関係ねえ……」

ドガシャーンッ！　パイプ椅子の背もたれに、弓子の回し蹴りが炸裂した。

飯塚は驚愕の表情でギョッとして眼を剥き、思わず腰を浮かせてよろめいた。

こういう人種を従わせるには、権力・暴力・金しかないことを弓子は知っていた。

「なっ、何だよ……い、いきなり、脅かすなよ」

「署長の質問が、聞こえなかったのか？」

「わ、解ったよ。答えればいいんだろ」

飯塚は弓子にチラッと視線を送り、

「随分前になるけど、地獄に落ちた俺の娘を救ってくれたんだ」

吐き出すように重い口調で喋った。

飯塚の娘が18歳の時に、女を食い物にしているチンピラの悪党に引っ掛かり、世間に出せない写真やビデオで脅されて、生き地獄に引きずり込まれていた。

写真やビデオが悪党の手にある限り、飯塚は娘を救う手が打てなかった。

そんな時に、刑務所で盗人《ぬすっと》博士と同じ房になり、相談をした。

出所した盗人《ぬすっと》博士が、チンピラ悪党の住む家から娘の写真やビデオを残らず盗みとって飯塚に渡した。飯塚の娘は、地獄から抜け出して平穏で幸せな人生を過ごしている。

「娘の恩人の博士を殺すなど……そんな罰当たりのことは、俺はできねえ」

「人の血が流れていればそうですよね」

「それじゃ……俺は、そろそろ帰ってもいいかな」

「その前に、あと一つだけ答えてください」

「ああ、いいとも。何だい？」

「博士のお部屋に行った、本当の目的を教えてください」

「だっ、だから、それは……以前、貸していたCDだって云ったろ」

(あくまでもCDで押し通すつもりね。とても素直に喋りそうにないわ) と、日奈はつぶらな黒い瞳で上眼遣いに、飯塚の表情を窺《うかが》い見て解った。

飯塚が盗人《ぬすっと》博士の部屋に行った目的は、真犯人が盗人《ぬすっと》博士を殺害した「目的」と同じだと日奈は直感していた。日奈の直感は外れたことがない。

「ところで、飯塚さん。お腹空いてません？　私、ちょっと小腹が空いちゃって」

「何か食わせてくれるのか？」

「桐島さん。前のコンビニでコレを買ってきてください」

品名をさらさらと書いたメモ用紙を、弓子に手渡して買い物を頼んだ。

弓子はメモ用紙を受け取って、

「アンパン2個とサンドイッチ2個に、牛乳パック2個ですね」

と、確認した。

「おう。アンパンとは……ははは。もしかして、署長さんは知ってるのか？」

「おやおや。そういう飯塚さんもご存じでしたか」

日奈は八重歯をのぞかせて、（アンパンの謂《いわ》れを知っているのは……かなり近しい関係の証だわ）

と、満足そうに頷《うなず》いて、流し眼を弓子に向けて目配せをした。

「では、行ってきます」

弓子は大股で署長室を出て、エレベーターへ走って向かって乗り込むと、スマホで捜査一課の上杉係長に連絡を入れて、メモ用紙の文面を伝えた。

弓子が買ってきたアンパンとサンドイッチを食べて、牛乳を飲み終えた飯塚は、

「ほんじゃ、俺は、これで……」

と云って、立ち上がった。

「署長。こいつを帰すんですか？　叩けばほこりが出ます。刑事課呼びましょうか」

「どうせ大したほこりは出ないでしょうから、帰してあげてください」

「さすが、署長さんは眼が高いなあ」

媚びるように愛想笑いをしながら、弓子と一緒に署長室を出てエレベーターで1階へ下りて、ロビーを抜けて表玄関から外へ出た。

飯塚は外へ出るなり、ペッと、唾を吐き捨てて、路上で客待ちしているタクシーに乗り込み、中野方面へ走り去った。白色と紺色の覆面パトカーが2台、追尾を開始した。

「アイツから何か掴めるといいですねえ」

「ええ。あの人自身か……他に、真犯人がいれば、必ず接触すると思います」

「後は、上杉係長にお任せしていれば、大丈夫です」

「はい。安心しています」

日奈がパソコン画面を操作しながら、視線を向けて八重歯をのぞかせて微笑んだ。

「あれっ。それは、桜道交番の業務日誌ですね」

弓子が画面を眼の端で捉えて訊いた。

清水地域課長に指示して届けさせた桜道交番の、渡辺巡査長が自殺した当該日から遡《さかのぼ》って1年分の業務日誌を、日奈は丹念に読み込んでいた。

（業務日誌から、渡辺くんの自殺した理由の手がかりを探しているんだわ）

日奈が懸命に取り組んでいることが解り、弓子は胸を熱くした。

日奈のスケジュール表は、弓子が苦心して空欄だらけのスカスカにしてあるが、日奈の頭の中のスケジュール表は隙間なくびっしり埋まっていた。

午後5時を少し回った頃、日奈が署長室に備えられた専用のロッカー室で私服に着替えて出たタイミングで、署長室のドアがノックされた。

弓子がドアを開けると、上杉係長が青ざめた顔で立っていた。

「も、申し訳ありません……追尾に失敗しました……大失態です」

「上杉係長が追尾に失敗するなんて……何があったんですか？」

「途中までは順調だったのですが……急に動きが変わって、タクシーを3回乗り換えてぐるぐる回った挙句に、新宿駅に戻って、雑踏の中へ逃げ込まれてしまいました」

「それって、尾行に勘づいた動きですよねえ」

「はい。途中からは完全に追尾をまこうとしていましたから……押さえようか迷ったのですが……泳がせる判断をしました。私の失態です。すみませんでした」

上杉係長は肩を落として、深く頭を下げて詫びた。

「いいえ、私の失態です。事前に上杉さんにご相談すべきでした」

澄んだ眼に涙を溢れさせて、

「嫌な思いをさせてしまいました。すみません」

日奈は華奢な肩を震わせた。

現場経験がまったくない知識だけの素人考えで、安易に泳がせる作戦を選択して実行したことを悔いていた。

捜査のプロの上杉係長でも、バレた者を追尾するのは不可能だった。

勿論、最初からバレていることを承知で追尾するのなら、話は別だ。いくらでもやり方はあるが、周到な事前準備が不可欠になる。

(この方は本当に、純真で心の綺麗な人なんだなあ……他人を思いやる優しさが溢れている)

上杉係長は日奈の人柄に感心した。

「でも、おかしいですねえ。鳴海署長は上手にアイツの警戒心を解いて、解放しました。アイツは署を出る時にはまったく無警戒でしたよ」

「ああ、桐島くんの云う通りだ。署を出てから、途中まではまったく警戒のそぶりもなかったんだ。追尾が気づかれたとは思えないんだが……まるで誰かが教えたかのように、急にヤツの動きが変わった」

「誰かが教えた……一体誰が?」

弓子が切れ長の眼を向けて、

「飯塚を署長室に連れてきたことは、署内で知る者はいません。地下2階の駐車場から7階へエレベーターで移動しました。誰にも見られていません」

と、上杉係長に云った。

「指紋照合したのでは？」

「あっ。鑑識課が知っています。もしかして……」

「う〜む。鑑識課から漏れるとは考えにくいが……」

上杉係長は暗い表情で、

「どんな理由があろうと追尾を失敗したことには変わりはない。我々捜査の仕事は、成功以外はすべて失態です」

うっすらと涙が滲む眼を宙に向けて、悔しそうに唇を噛んだ。

「逃げた飯塚を捕まえることは可能ですか？」

「勿論です、鳴海署長。窃盗犯担当の本庁捜査三課に協力要請しましたから、数日でヤツの逃走潜伏先が解ります」

「窃盗犯の担当は捜査三課なのですね」

「殺しの一課。詐欺の二課。ドロ三課って呼ばれているんです」

と、弓子が教えた。

上杉係長が苦笑いを浮かべて、

「捜査三課は、泥棒の世界に広く網を張って、必要な時に必要な情報が入手できるタレコミ組織を構築しています。数日で飯塚の居場所は解ります」

と、力強く述べた。

「凄いっ。さすがですねえ。警察は凄いわあ」

「あの、署長……忘れていませんか？」

「えっ？　何を……？」

「鳴海署長は、警察の人間ですよ。しかも、全国所轄でトップの新宿中央署の署長です」

「ああ〜っ。そうでした。すっかり忘れていました。えへっ」

日奈が顔を赤らめてペロッと舌を出して首をすくめた。

「これですからねえ、ウチの署長は。うふふっ」

「日本一の署長です。はははっ」

上杉係長は、失態の責任を感じて暗く沈んでいた気持ちを、いつの間にか晴れやかな楽しい気持ちにさせてくれる日奈に、心の中で感謝していた。

「それはそうと、署長……お時間、よろしいのですか」

「あっ。いっけな〜い」

日奈は慌てて座っていたソファから立ち上がり、

「ごめんなさい。心配性の母が自宅で待っているものですから、お先に失礼します」

弓子と上杉係長にペコッペコッと挨拶して、大急ぎで署長室を後にした。

日奈をその場に立って見送った後、弓子と上杉係長はテーブルを挟んで、向かい合わせのソファに座って今後の打ち合わせをした。

「少し、気になることがあるんですけど……」

「鳴海署長のことで？」

「はい。飯塚をここに連れてきて、署長があれこれ質問していたのですが……部屋を物色していた目的を、しつこく問い詰めていました」

「ヤツは何と？」

「貸していたＣＤを返してもらおうと思って、と答えていました」

「それは嘘だな」

「はい。署長も、説得力に欠ける、もう少し工夫した嘘をつけ、と云っていました」

「鳴海署長らしいな。ふふっ」

「しばらくして、また、部屋に来た本当の目的を教えなさい、と迫ったんです」

「なるほど……鳴海署長は。ヤツが部屋に来て物色していた目的が、盗人《ぬすっと》博士を犯人が殺害した目的と同じだと考えているのかもなあ」

「ええ。私もそう思いました」

「それで、気になることとは？　それか？」

「はい。違っているかもしれませんが……すでに署長は、『殺害目的』が解っているのではないかと……そんな気がしてならないのです……確証はないのでしょうが」

「う〜む。あの方なら、あり得るなあ」

「もし、犯人がそのことを知れば、鳴海署長の身に危険が……それで」

「それなら心配ない。最上一課長と相談して部下を警護に付けたのだが。すでに警護が付いていた。おそらく、警察庁の西村課長が抜かりなく、署を出てから自宅までの帰途の警護を手配していたのだろう」

「よかった。それなら安心です。鳴海署長は他人の心配はしますが、ご自分のことには無頓着《むとんちゃく》なので……心配でした」

日奈は署長として、2つの大きな難題を抱えていた。

1つ目は、渡辺巡査長が自殺した理由の解明をする、と約束して公言したこと。

2つ目は、桜道交番裏公園殺人事件の真犯人を突き止めて、事件を解決すると公言したこと。

いずれも、警察庁警視正の階級と、新宿中央警察署長の地位の立場での発言であり、成し遂げなければ絶体絶命の窮地に立たされる。

弓子と上杉係長は、鳴海署長を全力で支えていくことを確認し合った。

その頃、日奈の横浜の自宅では、帰宅時間がいつもより遅くなった日奈が、心配性の母親に恐る恐る、

「あのね、お母さん……今日は」

と、釈明をしていた。

「駄目よ、日奈ちゃん」

「はい。ごめんなさい」

「前から、云おうと思っていたんだけど。駄目でしょう」

「すみません……門限を少し」

「お父さんをご覧なさい。毎日、遅くまでお仕事をしているのよ。それに引き換え、あなたは何。毎日定時の5時に帰るなんて……ちゃんと、お仕事しているの？」

「えっ？」

「しかも警察って、24時間お仕事しているのでしょう。皆さんが働いているのに、よく定時に帰れるわねえ。悪いとは思わないの？」

「そ、それは……その」

「署長だからって。そんなわがままは駄目でしょう。あなたも、もう社会人なんだから、しっかりしなきゃダメじゃないの。恥ずかしいわ」

「あ……あ、あ……は、はい」

「お願いだから、ちゃんとお仕事はして頂戴」

「う、うん。明日から、しっかり遅くまでお仕事します。夕飯はいりません」

（これまでの苦労は、一体何だったのよ……）と、大きな黒眼がちの眼は白眼を剥いて天を仰ぎ、しばらく呆然としていた。

中学生の時に決められた日奈の門限は午後6時。大学生になって午後7時になったが、そのまま社会人になって、27歳の今日までその門限だった。

世間の常識とは大きくかけ離れていたが、心配性の母親を想い、日奈は午後7時の門限を守り通していた。


翌日。新宿中央警察署署長室。

上がってきた書類や報告書の承認を済ませて、桜道交番1年分の業務日誌を、渡辺巡査長の当番勤務日に限定して一つひとつ丁寧に読み込む作業を続けていた。

すると、いくつかの疑念が湧き上がり、（これは……もしかして）と、澄んだ黒い瞳をキラリと光らせた。それらの疑念ページを抽出してプリントアウトして、デスクの引き出しに入れた。

頃合いを見計らって、いつものように弓子が淹れたてのコーヒーを運んできて、

「お疲れ様です。どうぞ」

と、デスクの上に置いた。

「あっ、ありがとうございます」

日奈はつぶらな黒く大きな瞳の視線を向けて、軽く会釈して微笑み、カップを口に運んで美味し

そうに3口飲んで、カップを一旦皿に戻したタイミングで、

「本日あたり、どうでしょうか？」

弓子が切れ長の眼を細めて訊いた。

「えっ？」

日奈が上眼遣いに視線を向けた。

「署内廻りです。予定では、就任当日にご案内することにしていたのですが……次から次と目まぐるしく色々あるものですから、云い出すタイミングを逃してしまい、延び延びになっていました」

「ちょうどよかったです。署内を廻っていくつか確認したいことがあったんです」

「では、午後から廻る準備しますね」

日奈が、新宿中央警察署の署長に就任して約1か月が経過したが、7階の署長室と6階の会議室以外は、署内のどこも見ていなかった。

本来ならば、就任した日の午後から、署内を秘書が案内して見て廻るのが定番だった。

コンビニのおにぎり2個の日奈と、サンドイッチの弓子が昼食を済ませて、応接セットのデスクを挟んだ向かい合わせのソファに座って少し寛いだ。

「今、閃いたんですけど、桐島さん」

「な、何が閃きました？」

「ほら、昨日。タクシーに乗っていた飯塚が、急に警戒をし始めたって……」

「あっ、そうか……運転手」

「ええ。その時の運転手さんに聞けば、飯塚が警戒を始めた理由が解るはずです」

「凄い。さすが鳴海署長。すぐ、上杉さんに連絡します」

（私って……もしかしたら、捜査刑事の素質があるのかも……うふふっ）と、日奈は我ながら鋭い思いつきに自画自賛して、ニンマリ満悦顔で胸をそらせた。

　上杉係長からすぐに、

〈どうやら、何者かが飯塚にスマホのメールで教えたみたいです〉

と返信メールが来たので、

「すでに昨日、運転手から聞き取りをしていました」

とメールの内容を日奈に伝えた。

「あ……そ、そうですか」

日奈は顔を真っ赤にして、（大恥かいちゃった）と、穴があったら入りたい心境だった。

ところがこの瞬間、日奈は大恥と引き換えに閃いて真犯人が解った。

飯塚は姿なき盗人《ぬすっと》博士の部屋で、「殺害目的」のモノを物色していた。

その飯塚を、警察の追尾から逃がした人物が真犯人であることは間違いない。

飯塚にメールで知らせて追尾を巻かせて逃がすことができた人物。

そして、飯塚と同じく「殺害目的」のモノを欲していた人物。

（あの人しかいない）と、日奈は黒く澄んだ瞳を妖しく光らせた。

だが、あくまでも現時点では閃きの憶測に過ぎず、何一つ確証がないので、日奈が軽々口に出すことはなかった。

「では、署内廻り始めましょうか」

弓子が立ち上がって、

「まず、どこから？」

と、日奈に訊いた。

「拳銃保管室」

日奈は当然のような顔で、即答した。

「やっぱり……だと思いました。うふっ」

「一発……」

つぶらな黒い瞳を輝かせて上眼遣いの視線を向けた。

「駄目です。先に云っておきますが、握るのは勿論、触れるのも駄目ですよ」

「う〜ん。残念」

がっくり項垂《うなだ》れた。

駄目なことは頭の中では当然解っているが、未知のことは体験しなければ気が済まない困った性分の日奈は、本物を1発撃ちたい願望が消えなかった。

拳銃保管室は2階にあり、拳銃は室内の拳銃格納庫に保管されている。他に銃弾と手錠と警棒を保管する場所が備えられていた。

拳銃はロッカー状の格納庫内に数十丁ずつ、それぞれの定められた番号の位置に、厳重に鍵をかけて保管していた。

格納庫の鍵と拳銃の鍵は、それぞれ警官個人が所持しており、鍵を所持している拳銃以外は取り出せないように厳重に管理されていた。

日奈と弓子が拳銃保管室を訪れた時、8、9人の警官がそれぞれ各自、格納庫から拳銃の取り出しと保管を行っていた。

警官連中は、日奈と弓子が訪れたことに気づかずに、くだらない冗談やら、悪ふざけをしながら拳銃を無造作に取り扱っていた。まるで、おもちゃのピストルのように……。

日常的に行う行動は、慣れによっていつしか緊張感がなくなり、気が緩むのが、自然の摂理だった。

弓子が眉を吊り上げて、怒鳴りつけようとしたのを日奈が止めた。日奈は保管室の入り口付近に立って、警官連中の日常的な拳銃の取り扱い行動を、細かく観察していた。

警官連中の中の一人が、日奈と弓子に気づいて慌てて他の警官らと直立姿勢で、

「ご、ご苦労様ですっ。鳴海署長っ」

緊張した顔で敬礼して挨拶した。

「ご苦労様」

日奈は可愛らしく八重歯をのぞかせた笑顔で、敬礼して応えた。

だが、弓子は眉を吊り上げて切れ長の眼で睨みつけて、

「あなたたちっ！　緊張感を持ちなさいっ！」

と、一喝した。

この後、弓子は日奈を1階の警務課と会計課、それに交通課の内勤室に案内して、あれこれ詳しく説明した。

日奈は居合わせた警官たちと気さくに言葉を交わして、

「次は、刑事課と鑑識課に行きましょう」

と、弓子の案内で署内を廻った。

どの部署へ顔を出しても、居合わせた警官は全員が日奈を歓迎した。

だが、日奈の表情が少しずつ暗くなっていることに、弓子は気がついた。

確かに全署員が歓迎していた。しかし、感受性が人一倍強くて相手の心が読める日奈は、男性署員が女性キャリア署長に対して不快感や抵抗感を抱いているのが解った。

一方の女性署員は、全員が初の女性キャリア署長の自分に、期待と希望を込めた熱い視線を注いでくれていることを肌で感じていた。

日奈の胸の中は、複雑な思いが混在して息苦しさを覚えた。

「5階は警備課と……、あの部屋が副署長室です。6階は会議室と備品室」

「へえ〜。あのお部屋が副署長室ですか……」

「ち、ちょっと、鳴海署長……ま、まさか」

「せっかくですから。ご挨拶を」

と、云うが早いか、スタスタと部屋の前に行って、トントンとノックした。

(やっぱり……)と、弓子は諦め顔で苦笑した。

これまでに廻った課や部署には、課長や責任者が一人も在席していなかった。

鳴海署長の眉が何度か動いていたのを、弓子は見ていたので、(何かやるな)と、予想はできていた。

部屋の中から返事がないまま、

「こんにちは〜っ」

と、ドアを開けて顔を入れた。

部屋の中には、主の井沢をはじめ林刑事課長や清水地域課長ら幹部連中7名が、応接セットのソファやパイプ椅子に座っていた。

全員が、ギョッとして眼を剥いて、一斉に日奈に視線を向けて思わず腰を浮かした。

「あらっ。皆さん集まって、何かの会議ですか?」

「いや。会議というよりは、打ち合わせですよ、署長」

上座の1人掛けのソファにデンと座った井沢が、

「警察の仕事は横の連携が重要なので、時々こうして集まって意見交換しています。まあ、現場実務に関わらない署長には関係ありませんがね」

上眼遣いに蝮《まむし》眼を向けて説明した。

「それはどうも。ご苦労様です」

日奈は可愛らしく八重歯をのぞかせて、スタスタ部屋の中へ入った。

「へえ〜っ。副署長室って、署長室より豪華で広いんですねえ」

と部屋の中を見回して、

「アレは、何ですか?」

デスクの後ろの壁にずらっと並べて下げてある鍵を指差して訊いた。

「ああ。あれは、拳銃保管の合鍵です」

「えっ? 拳銃保管の合鍵って? ……合鍵があるんですか?」

「勿論です。鍵の紛失は珍しくありませんからね。警官は拳銃携帯が職務規則で定められていますから、私が合鍵を……」

「ああ〜、なるほど。拳銃保管はそういう仕組みですか」

日奈は必要な情報を手に入れて満足そうに頷《うなず》き、早々に副署長室を退出して弓子と連れ立って、6階の会議室は飛ばして7階の署長室へ軽い足取りで戻った。

日奈が退出した後の副署長室では、

「いや〜っ。肝を冷やしました」

「あの捜査本部会議に、乗り込んだ時のことが脳裏に浮かんで、ビビりましたよ」

「それにしても、あの肝っ玉は何だ。この副署長室に、まるで友達の部屋か親戚の家に遊びに来るかのように……信じられん」

「あんなクソ度胸のある女は見たことがない。いや、男でもいないぞ」

「まったくだ。恐ろしい小娘だなあ……」

幹部連中が雁首《がんくび》揃えて、口々に額にうっすらと脂汗を浮かべて述べた。

「ふん。署内を見て廻る余裕があるとはなあ……」

井沢は左手で顎を撫でながら、

「一課の上杉と何やらコソコソやっているようだが……解ってるのか。渡辺巡査長の自殺の理由解明と、盗人《ぬすっと》博士殺害の真犯人を突き止めて、事件を解決しないと……絶体絶命の窮地に立たされるんだぞ」

蝮《まむし》眼を宙に向けてつぶやいた。

署長室へ戻った日奈は、一息つく間も惜しんで神経を研ぎ澄まし、プリントアウトした桜道交番の業務日誌と、つぶらな黒い瞳を輝かせて睨めっこをしていたが、(間違いないわ……酷い)と、抱いていた疑念が確信に変わった瞬間、日奈は怒りが湧き上がり、思い切りデスクを、バァーンッ！　と叩いた。

しばらく眼を瞑って気を静めた後、（これで渡辺巡査長が自殺した理由の一つが解った）と、自殺理由解明に一区切りつけた。

日奈の澄んだ眼が、獲物を狙う雌豹のような恐ろしい眼に変わって、

「よしっ。次は殺人事件の解決ねっ」

満を持して、桜道交番裏公園殺人事件の捜査に移行した。

真犯人が解っている日奈だが、証拠を掴む作業は通常の殺人事件捜査と同じだった。

日奈の頭の中に詰め込まれている膨大な捜査手法知識の中から、この事件を捜査して解決する方法と手段を選出して、黒い澄んだ瞳をギラギラ輝かせて計略を練り上げた。

これを契機にして、日奈の動きが俄然《がぜん》せわしくなった。

頭の中に描いている計略を実行するスイッチが入った。

もう誰にも止められない。

日奈はデスクの端に置いてある、猫キャラコールボタンの赤い鼻を押した。

秘書室から微かにおもちゃのピーポー音が聞こえると同時に、

「お呼びですかっ、署長っ」

待機して今か今かと出番を待っていた弓子が、切れ長の眼を輝かせて飛び出してきた。

「はい。桐島さん」

日奈は、つぶらな黒い瞳の視線を向けて、

「盗人《ぬすっと》博士が住んでいたあのお部屋を、警察が管理します。家主に捜査協力要請して承諾を得てください。同時に、警官を配置して、立ち入りを規制してください」

と、弓子にテキパキと指示した。

「はい。承知しました」

弓子は緊張した表情で秘書室へ急ぎ戻って、アパート「つばき荘」の家主に連絡して承諾を得た。続いて、地域課に連絡を入れて、至急「つばき荘」に警官を向かわせて、202号室の出入りを規制するように指示を出した。

「あとは、何か？」

「アレと同じものを、あのお部屋に付けてください」

天井に備えてある署長室隠しカメラを、右手の人差し指で指した。

「備品類はすべて警務課が担当しますので、小池課長に指示を伝えます」

「アレは……離れた場所から、モニターできるのですか？」

「はい。300メートルくらい離れた場所でもモニターできますので、『つばき荘』の裏側の駐車場に停めた警察車両内で監視させましょう」

「飯塚は諦めていないと思いますので、必ずまた来るはずです」

「飯塚が真犯人でなければ、他の真犯人が来る可能性もありますね」

「ええ。おそらく盗人博士《ぬすっと》は、警察に出頭する前にあのお部屋のどこかに飯塚が物色していたモノを隠したはずです」

「だと思います。家主の話では、しばらく旅に出るので、と3年分の家賃を先払いしていました。3年の刑期を予想していたのでしょう」

「刑務所生活も楽しむなんて……まったく、博士は……うふっ」

盗人《ぬすっと》博士に親しみを抱いている日奈は苦笑しながら、

「出かけます。桐島さん」

椅子からスックと立ち上がって弓子に伝えた。

「えっ。今からですか？　もう5時になりますよ。署長」

「構いません。門限が無くなりましたから。えへっ」

「も、門限が……あったのですか？」

「ええ。午後7時が門限だったのですが。うふふっ。今日から残業ができます」

日奈と弓子はエレベーターで地下2階へ下りて、黒色の覆面パトカーに乗車してゆっくり地上へ出て、桜道交番へ向かう途中で献花用の花を購入した。

勤務中の警官3人に出迎えられて、桜道交番の2階へ階段を上がって、休憩室に入った。

渡辺巡査長が首を吊って自殺した場所の壁際に献花して、その場に正座して手を合わせて冥福を祈った。

沈痛な表情の日奈は、弓子と連れ立って交番を出て裏へ回り、公園内へ入った。

「ここが遺体発見現場で、殺害された場所です」

遺体が発見された側溝周辺から、害者の血液と同一ＤＮＡ血液を多量に含有する土を鑑識作業で採取しており、司法解剖の銃弾による即死診断と合わせて、遺体発見現場が殺害現場だと科捜研が断定していた。

弓子に教えられた場所に献花して、その場にしゃがむ姿勢で黙祷して手を合わせた。

日奈はゆっくり立ち上がり、つぶらな黒く大きな瞳を輝かせて視線を空に向けた。

そして、その場でゆっくり回転しながら、ビルに囲まれた公園の上空に視線を向けて方向と角度を一つひとつ丁寧に確認して、

「よし。イケる」

満足そうにニッコリ微笑んでつぶやき、（見ててね。博士。必ず私が仇《あだ》をとってあげるわ）と、心の中で呼びかけた。

その時、弓子のスマホに上杉係長からメールが着信した。

メールを読んだ弓子が、

「た、大変ですっ。鳴海署長っ。飯塚が殺害されましたっ」

上杉係長から知らされた内容を伝えた。

「エッ！」

日奈は絶句して一瞬よろめいた。

飯塚の潜伏先を探していた本庁捜査三課の刑事が、タレコミ情報があった足立区千住西9丁目6番7号所在『千住西MG404号室』内で、飯塚が刺殺されていたのを発見した。

最悪の事態に、日奈は「ああ〜あ」と、頭を抱えてその場にしゃがみ込んだ。

しばらくその場から動けないほどの激しいショックを受けて、

「私の責任だわ……取り返しのつかないことに」

血がにじむくらいに唇を噛んだ。

「ち、違いますっ。鳴海署長に責任なんてありませんっ。これはあくまでも、殺害された飯塚と犯人との間の出来事です。ご自分を責めないでくださいっ」

弓子は必死に擁護する言葉で日奈の気持ちを和らげようとした。

「いいえ。私の責任なんです」

日奈はうっすらと涙を浮かべた哀しげな眼を向けて、はっきり断言した。

黒色の覆面パトカーで署に帰る車中で、

「私が……欲をかいたのがいけなかったのです。真犯人が解った時点で手を打つべきでした」

車窓から外の景色に視線を向けて、悔しそうに淡々と述べた。

「えっ？　ええーっ！」

弓子は思わずハンドルから手を離して、切れ長の眼を剥いて後ろを振り返って、

「し、真犯人が解っていたのですか？」

と、訊いた。

「ええ。飯塚に追尾をまかれて逃げられた理由が、何者かがスマホのメールで教えたからだと知った時に、真犯人が解りました」

つぶらな黒い瞳の視線を向けて、日常のつまらない軽い話をするように喋った。

日奈はこの事件を解決する手法と手段を、膨大な捜査知識の中から2つ選び出していた。

1つは、FBIが使う非合法的なエグいやり方で確実にとどめを刺す手法。

もう1つは平凡でゆるく、とどめが刺せない可能性はあるが、日奈はこの事件の解決方法を利用する狙いがあった。単に事件を解決するのではなく、欲をかいていた。

推測真犯人を野放しにして泳がせ、じっくり時間をかけて取り組んで成功させる計略が、裏目に出て飯塚が殺害された。

日奈は追い詰められた。

だが、負けず嫌いの日奈は、意地でも計略を変えずに成し遂げる決意をしていた。


翌日の新宿中央警察署署長室。

「次の犠牲者が出るのを防ぐ為に、5日で勝負します。桐島さん。お手伝いを頼めますか」

と、弓子に本意を伝えた。

「も、勿論ですっ！　お手伝いします、いえ、是非させてくださいっ！」

弓子は切れ長の眼を鋭くして、男前の眉を吊り上げて戦闘モードに入った。

この時から、日奈の動きは目まぐるしくなって、神出鬼没で居場所がまったく解らない時間が多くなり、井沢が頭から湯気を出して弓子を怒鳴りつけたが、

「殺人事件解決を最優先するのであしからず、と署長が申しております」

弓子は馬に念仏、柳に風の体《てい》で、切れ長の涼しい眼を向けてしれっと云ってのけた。

「くそっ。一体何を開き直ってやってやがるんだ。この2人は……」

井沢は太い眉を吊り上げて、まったく悪びれた様子もなく平然と人前でひそひそ話をしている日奈と弓子を、蝮《まむし》眼で睨みつけてドスドスッと床を踏み鳴らして署長室を出た。


2日後。

新宿西口公園の近くにあるMAホテルに日奈が一人で現れ、8階の予約してあるスイートルームに入った。部屋には弓子が連れてきた人物が、顔面蒼白でおびえた眼を日奈に向けて唇を震わせていた。

1つ目の計略を、日奈は鬼の心と仏の心で、その人物に容赦なく実行した。

こうして日奈は、真犯人を確実に仕留める保険をまず手に入れた。

翌日の午後3時37分。

2つ目の計略を実行する動きを始めた。

弓子が運転して日奈が同乗した黒色の覆面パトカーが、桜田門の警視庁本庁地下3階駐車場にゆっくり入って停車した。

連絡を受けて待っていた上杉係長が小走りで寄ってきて、

「お待ちしていました」

嬉しそうに白い歯を見せて後部ドアを丁寧に開けた。

「ご迷惑をお掛けして申し訳ございません」

日奈は可愛らしく八重歯をのぞかせてペコッと頭を下げた。

「とんでもありません。大歓迎です。さあ、どうぞ」

上杉係長は軽い足取りで先に立って、日奈と弓子をエレベーターに誘導して、5階の捜査一課がある部屋に案内した。

事前に弓子が、鳴海署長が捜査一課を訪れる旨の連絡を入れたので、

「聞いたかっ。あ、あの新宿中央署の鳴海署長が乗り込んでくるぞっ！」

日奈が捜査本部会議に乗り込んで、上杉係長らの一課の刑事連中と、恐れ多くも最上捜査一課長にまで謝罪させて頭を下げさせたことを知っている一課の猛者《もさ》刑事連中が、一瞬凍りついて部屋の中が騒然とした。

「こんにちは。お邪魔します」

日奈が可愛らしい笑顔で、会釈しながら部屋に入ると、

「えっ？　……ええ〜っ？」

「こ、この方が……あの……鳴海署長？」

猛者《もさ》刑事連中が、拍子抜けした顔でいぶかしげな視線を向けた。

そこへ、会議で席を外していた最上一課長が満面の笑みで現れ、

「ようこそ、鳴海署長。さあ、こちらへどうぞ」

部屋の右側にある大きな応接室に日奈を案内した。

日奈と最上一課長は、顔を合わすのはこの時が初めてだったが、すでに信頼し合う旧知の間柄のような感情を互いに抱いていたので、名刺交換挨拶などは不要だった。

「会議だったのでしょう。よろしいのですか？」

日奈が上眼遣いに黒い澄んだ瞳の視線を向けて、申し訳なさそうに訊いた。

「勿論です。どんな会議よりも、こちらが重要です。上杉から概要は聞きました。2日後の午後5時半に勝負のゴングを鳴らすのでしょう」

「はい。飯塚が殺害されました。次の被害者を出さない為には猶予がありません。2日後の午後5時半に、真犯人を表に引きずり出します」

「準備が整ったのですね。それでこちらへ」

最上一課長は嬉しそうに云った。

「いいえ。設計図が完成しましたので、お持ちしました。これから始めます」

「えっ！　こ、こ、これから……で、ですか？」

「これが事件の流れと、真犯人を特定して外堀を埋めて追い詰めて最終的に殺人罪の立証をするまでの捜査設計です。ご覧ください」

弓子が一抱えして持参した情報や資料などを、広いテーブルに所狭しと日奈と弓子が手際よく広げて、最上一課長と上杉係長に見せながら、

「まず、これですが」

日奈は上眼遣いに2人に眼線を向けて説明を始めた。

(なるほど……わざわざ捜査一課に足を運んだのは……これをやらせる目的で）と、日奈の目論見《もくろみ》が解った最上一課長と上杉係長は、顔を見合わせて思わず笑った。

目論見《もくろみ》が解った2人は真剣な表情に変わって身を乗り出すようにして、日奈が作成した事件解決の捜査設計図に鋭い視線を向けて、日奈の説明に耳を傾けた。

「さすがですねえ……見事です」

じっくり設計図を見ながら解りやすい日奈の丁寧な説明を受けて、最上一課長が満足そうに顎を撫でながら感想を口にした。

「光栄です。ですが、どれも机上の空論です。何一つ確証を得ていません」

少し頬を赤らめて上眼遣いの視線を向けた。

「確かに。ですが、正確な情報と鋭い閃きから、鳴海署長が導き出して作り上げた捜査設計図は、素晴らしいの一語に尽きます。あとは、上杉くん」

「はい。捜査設計図を完成させる者の腕にかかっていますね。責任重大です」

「お願いできますか。上杉さん」

「勿論です。鳴海署長。飯塚追尾の失態を挽回してみせます」

「飯塚殺害事件の犯人は、この桜道交番裏公園殺人事件の真犯人と同一人物に違いない」

「私も、同一人物だと思っています」

「こっちを解決すれば、自動的に飯塚殺害の事件も解決する。足立北警察署に千住西殺人事件捜査本部を設置したが、一課の主力メンバーと遊軍は全員こっちに入れよう」

「そうしてもらえれば、助かります」

鳴海署長が新宿中央警察署の刑事課を一切動かさないのは、それなりの事由があってのことだろうと、最上一課長と上杉係長は理解していた。

この後も日奈と最上一課長と上杉係長、それに弓子の4人は、日奈が作成した捜査設計図が1ミリもずれや欠落がないことと、役割の確認を念入りにした。2日後の午後5時半の真犯人との決戦に備えて、万全の準備を整えた。

すでに日奈は真犯人を仕留める保険を手にしているが、2つ目の計略を必ず成功させて保険は使わずに済ませたいと思っていた。保険は闇に葬れる自信があった。

休憩も取らずに、4人の捜査会議は続き、終わったのは深夜だった。

「送らせてください」

最上一課長は日奈を横浜の自宅に自身が同乗したパトカーで送り、上杉係長は弓子が乗ってきた覆面パトカーに同乗して弓子を自宅に送り届けた。

日奈が自宅の玄関ドアを開けると、

「午前様とは」

母親の色白美人の共恵が眉を吊り上げて、夜叉《やしゃ》の面相で仁王立ちしていた。

「す、すみません。つい……」

「あのね、日奈ちゃん。物事には加減というのがあるでしょう。門限がなくなったら、いきなりお父さんより遅い時間に帰宅するなんて……信じられないわ」

共恵は呆れかえった顔でため息をついた。

「えへっ。すみません」

首をすくめてペロッと舌を出して照れ笑った。

「忙しそうだな、日奈」

風呂上がりのビールをうまそうに飲みながら、義男が眼鏡の奥の眼を向けた。

「うん。現場が忙しく動いているもので、つい帰りそびれちゃって。えへっ」

「気持ちは解るが、無理は禁物だぞ。どんなに忙しくても、自分のペースを見失うといい結果は生まれない。先は長い。なっ、日奈」

「はい。心配かけてごめんなさい。肝に銘じます」

「まったく、この子はもう。子供の時から、夢中になると周りが見えなくなるから」

共恵が苦笑して、

「ほらっ。日奈ちゃんの好きな、かっぱ巻きたくさん買ってきたから、いっぱい食べて」

かっぱ巻きを大盛りにした皿を、日奈の前のテーブルに置いて勧めた。

(確かに、かっぱ巻きは好きだけど……4日連続は)と、ポリパリカリッ、と小気味よい音を立てて食べながら、日奈は心の中でつぶやいた。

眼の前でかっぱ巻きを美味しそうに頬張る愛娘の日奈が、テレビのワイドショーやSNSなどで世間を騒がせている殺人事件に首までどっぷりつかって、2日後には真犯人との決戦を控えているとは夢にも思っていない共恵は、

「日奈ちゃんは、ほんとにかっぱ巻きを美味しそうに食べるわねえ」

テーブルに頬杖を突いた姿勢で、眼を細めて嬉しそうに眺めていた。

義男も同じく、銀縁眼鏡の奥の眼を細めて、日奈に視線を向けてグラスを傾けた。

万が一にも……両親が知ったら。義男はともかくとして、人一倍臆病で心配性の共恵は……。日奈は想像するのも恐ろしくて、いたずらがバレるのを恐れる子供がするように、上眼遣いにチラッ

チラッと共恵の表情を窺《うかが》い見ながら、早々にシャワーを浴びてさっさと2階の自室へ逃げ込んだ。

だが、独りになってベッドに横たわるとすぐに、

「見てなさい。必ず渡辺巡査長の無実を実証して、姿なき盗人《ぬすっと》博士の無念を晴らしてあげる。あなたは絶対に許しません。覚悟していなさい」

つぶらな黒い大きな瞳で天井を睨み、心に潜み棲む鬼の血が騒いで体を熱くした。

第8章　一か八かの大勝負

新宿中央警察署7階署長室。

豪華なデスクの椅子が馴染んで、署長の座が板についてきた日奈が腕組みして眼を瞑り、しばらく考えていたが、デスクの端に置いてある猫キャラコールボタンの赤い鼻をポンと押した。

隣の秘書室で待機している弓子が、

「決断されたのですねっ」

切れ長の涼しい眼を輝かせて、勢いよく飛び出してきてデスクの前に立った。

「ええ。予定通り明日午後5時半に、この方々を署長室に全員招集してください」

人名を記した用紙を手渡した。

弓子は緊張した面持ちで、受け取った用紙に視線を落として確認した。

「小池警務課長と野々村交通課長……あと服部機動隊長のお名前が抜けていますが」

と、念の為に訊いた。

「渡辺巡査長の交番での自殺と、桜道交番裏公園殺人事件のどちらにも無関係な方々は除外しました」

日奈は外した理由を説明して、

「渡辺ゆり子さんは身重ですので、パトカーの送迎を手配してください」

ゆり子に対する心遣いを頼んだ。

「はい。交通課か地域課のパトカーを手配します」

「あと、念の為にコレを使ってください」

用意していた「署長命令書」を引き出しから出して、弓子に手渡しながら、

「これが最後になると思います」

ニヤッと不敵な笑みを浮かべた。

弓子は意味がよく理解できなかったが、

「承知しましたっ」

切れ長の眼を向けて応え、気合十分に署長室を後にした。

弓子の後ろ姿を見送った後、デスクの上に置いてあったスマホを手に取って、〈千広ちゃんに一か八かの大勝負の大トリをやってもらおう。うふっ〉と、肺炎をこじらせて入院中で退院間近の、SNSが趣味で達人的操作術を持つ千広に、印をつけた衛星写真資料数枚を添付した詳しい説明メールを送付した。

すぐに千広から、

〈やっほ〜っ！　鳴海警視正♡　お役に立てるチャンスを戴き、天にも昇るくらい嬉しくて興奮しています。命を懸けて成し遂げます。乞うご期待で〜す♡　いちの子分・千広より〉

という返信が届いた。

「うふっ。千広ちゃんったら」

日奈は眼を細めて微笑んだ。

日奈が明日の大勝負に備えて、資料の読み込みや整理確認の作業をしていると、

「鳴海署長。戻りました」

弓子が険しい表情で声を掛けた。

「ん？」

日奈が顔を上げると、弓子の横に、太い眉を吊り上げて蝮《まむし》眼を剥いた副署長の井沢が立っていた。

「あらっ、井沢さん。どうされました？」

「今からでも遅くはありません。撤回してください」

1歩前に出て、

「こんなことは、署長の仕事ではありません。ウチの刑事課と本庁捜査一課に任せて、鳴海署長は手を引いてください。今ならそれで丸く収まります。いや、収めます」

デスクに両手を突いて、日奈の顔を正面から見据えて進言した。

「いいえ、井沢さん。これは警察署長の職務です」

「し、しかし……署長」

「署員だった渡辺巡査長が職務中に交番で自殺しました。その渡辺巡査長が、自首してきた窃盗常習犯を拳銃で射殺した犯人にされています。世間では、極悪非道な血も涙もない殺人警官だと決めつけて騒いでいます」

「マスコミの報道も……酷いです。SNSでも……」

「渡辺巡査長が自殺した理由を解明して、真犯人を捕らえて無実を証明するのが、この新宿中央警察署の署長の職務であり、責務だと私は思っています」

「正論ですね。立派です」

井沢は上眼遣いに蝮眼《まむし》を、日奈のつぶらな黒く大きな瞳に向けて、

「ですが鳴海署長。明日、その2つを解決できるのですか？　こんな大騒動を引き起こして、もし、ふたを開けてみたら空っぽでした、では済みませんよ。署長」

と、表情を窺《うかが》うようにして問いかけた。

「正直に申しますと……空っぽではなくて、現時点では半分くらいかしら。ねえ、桐島さん」

弓子に顔を向けて、しれっと無茶振りした。

「えっ？　わ、私？　私に訊きます？」

慌てて切れ長の眼で日奈を睨む振りをして、白い歯をのぞかせた。

(おいおい、こんな状況下で……よくそんな冗談などが……嘘だろ）と、井沢は感心したり呆れたりして、思わず口の端を上げげた。

「では、鳴海署長。明日の午後5時半には満杯になるのですね」

「はい。その予定です」

日奈はつぶらな黒い瞳の視線を向けて答えた。

「よ、予定ですか？　……いや、参った」

井沢は苦笑しながら、

「では、明日。鳴海署長の実力と覚悟を拝見させてもらいます」

と云い残して軽く一礼して、がっしりした背を向けて署長室を後にした。

署長室のドアが閉まったのを確認して、弓子が、

「井沢さんは、鳴海署長を心配しているようにも映りますが……探りに来たのかもしれません。署長もご存じのように、あの人の女性蔑視は筋金入りです。何を企てているのか解りません」

眉をしかめて日奈の耳元に顔を寄せて囁いた。

「構いません。井沢さんの思惑などは、どうでもいいことです」

日奈はつぶらな黒い瞳の視線を向けて、

「私は私にできることを、悔いを残さないように精いっぱいやるだけです。でしょう？　桐島さん」

八重歯をのぞかせて可愛らしく微笑んだ。

「はい。そうでした。私も見習います。署長」

弓子は切れ長の眼を輝かせ、すっきりした爽やかな表情になった。

「そんなことよりも」

「あっ。そうでした。明日の準備を」

日奈と弓子は、顔を寄せ合うようにして、署長室の大幅な臨時模様替えの打ち合わせやら、明日使用する資料や写真類を整理確認する作業に没頭した。

その間にも、日奈のスマホには次々と、日奈の作成した捜査設計図に従って動いている捜査一課の刑事たちから、途中経過や結果の報告メールが届けられていた。

日奈はその都度、メールの内容を確認していたが、返信は一切しなかった。

「あの、署長。今日もよろしいのですか？　5時になりますが……」

「あっ。今日は、遅くなれません」

「もしかして昨夜……お母様に？」

「ええ。母に大目玉を喰らいました。えへっ」

首をすくめてペロッと舌を出して、照れ笑いをした。

「もう一度やらかしたら、門限を復活させると通告されましたので、今日は早めに帰ります。すみません、勝手云って」

「いいえ。門限が復活したら、それこそ一大事ですから。うふふっ」

準備作業が途中だったが重要な準備は終えていたので、日奈は午後6時を少し過ぎた時刻に私服に着替えて、署長室を出ていつもの順路で横浜の自宅へ急いで帰った。

いよいよ、一か八かの大勝負の当日。

「そこっ！　モタモタしないっ。遅いっ」

弓子の陣頭指揮で警務課のホノカや彩乃や佳子らの女性課員が総出で署長のデスクと応接セットの4人掛けソファだけを残して、それ以外の署長の椅子やらソファなどはすべて運び出した。

広く空いた空間に、パイプ椅子やら捜査会議で使う大きなボードなどが運び込まれて、着々と決戦場の準備が進められた。

日奈は椅子のないデスクの横に立って、次々に着信する捜査一課の刑事からのメールに視線を注ぎ、時折頷《うなず》いて八重歯をのぞかせてニッコリ微笑んでいた。

そして、待ち焦がれていた福岡に出向いていた上杉係長からのメールが着信すると、

「よしっ！　やったっ」

日奈は右手で小さくガッツポーズをして、会心の笑みを浮かべた。

弓子が駆け寄って、

「あったのですねっ。鳴海署長っ」

切れ長の眼を輝かせて訊いた。

「ええ。バッチリです。桐島さん」

スマホの画面を弓子に見せて、つぶらな黒い大きな瞳を潤ませてハイタッチをした。

「それでは、あのアパートの部屋は？」

「はい。すぐに規制を解除して、隠しカメラの設置などは取り止めてください。あと、家主さんにも連絡を入れて、その旨を伝えてください」

「最初から署長は、あの部屋に『目的のモノ』は無いことが、解っていたのですね」

「ええ。真犯人に思い込ませる為のおとりでしたが、もう必要ありません」

日奈はしてやったりの表情で、八重歯をのぞかせた可愛らしい笑顔を向けた。

午後5時少し過ぎ。

弓子はスカートから緩めのスラックスに着替え、ヒールを運動靴に履き替えて、署の表玄関で、

「ご苦労様ですっ」

黒色の大型ワンボックスカーに乗車して現れた西村課長と石原係長を、緊張してかしこまった表情で出迎えて、7階の署長室へ案内した。

「こんなことでわざわざお越し戴いて、すみません。課長。石原さん」

「まったくだ。この貸しは高くつくぞ。ガハハハ」

「はいはい。あとで請求書を出してください。えへっ」

日奈が嬉しそうにペロッと舌を出しておどけて応じた。

午後5時10分を過ぎた頃から、井沢副署長をはじめとして署長命令書で招集令を出した全員が、

次々と署長室に入ってきた。

それに紛れるようにして、本庁捜査一課長の最上が入ってきたので、

「あらっ。最上さん」

日奈はつぶらな黒い大きな瞳の視線を向けた。

「お邪魔でなければ、末席に……と思いまして」

最上一課長が眼を細めて会釈した。

「おう。最上。久しぶりだな」

「はい。西村さん。ご無沙汰しています」

「鳴海くんが、世話になっているようだなあ。よろしく頼む」

「いえいえ、世話になっているのは私どもの方です。ですよね。鳴海署長」

「ええ。私が捜査一課をお世話している鳴海です。えへんっ」

小ぶりの形の良い鼻をツンと上に向けて、自慢げに胸をそらせて笑わせた。

午後5時半少し前に、身重のゆり子が弓子に連れられて到着して、用意していた4人掛けのソファに座り、日奈が出席を求めた10名が顔を揃えた。

日奈はゆっくり歩いて、椅子のない豪華で大きなデスクの後ろに立ち、

「それでは、今から開始します」

これまでの表情とは一変して、つぶらな黒い瞳をギラッと光らせ、まるで別人のように凛として

毅然とした姿の日奈になっていた。

デスクの後ろに立つ日奈の右手側に、壁に沿って上座から西村課長、石原係長、最上捜査一課長の順に座り、向かってデスクの正面側の中央から左のパイプ椅子に井沢副署長、林刑事課長が並んで座り、中央右のパイプ椅子は空席で、隣に清水地域課長が座っていた。その後列には、向かって左から順に村松鑑識課長、熊谷警備課長、井上生活安全課長、梶原組織犯罪対策課長、中谷巡査部長、橋本巡査長がそれぞれ座り、後列の後ろ側に置かれたソファに渡辺ゆり子が座っていた。

日奈は室内の全員と順に眼を合わせるようゆっくりと見回した後、

「まず、桜道交番で職務中に自殺した渡辺巡査長のご冥福を祈ります」

眼を瞑って胸の前で手を合わせて黙祷した。

眼を開けた日奈は、

「渡辺巡査長が自殺した理由は、３つの複合でした」

いきなり本題に入り、ボードの前で待機している弓子に合図した。

弓子はすぐに、次の３つの理由を記した大きな紙をボードに張り出した。

1つ目、プライベート
2つ目、職務に係る
3つ目、拳銃

「1つ目のプライベートによる理由は、ご本人の名誉とプライバシーに配慮して、内容は公開しません。その旨、ご理解ください」

「おやおや。自殺の理由を解明すると宣言していながら、内容は公開しません、とはね。話になりません。責任逃れが見え見えですよ」

署の幹部の意地を見せようとして、清水課長が攻撃の先陣を切った。

「まったくです。解明できなかったり、事件を解決できなかった時には、ちゃんとした責任を取る覚悟はあるのですか？　まず、それを聞かせてください」

林課長が同調して、ここぞとばかりに日奈の出鼻をくじく作戦に出た。

(やっぱり噛みついてきたわね。うふっ)

日奈はつぶらな黒く大きな澄んだ瞳の視線を向けて、

「勿論、進退責任をとる覚悟をしています」

はっきり断言して答え、

「但し、その時は、あなたたち全員を道連れにします」

と平然と通告した。

「なっ、なっ……。み、み、道連れ？」

思いもしなかった日奈のエグい脅しに、幹部連中は眼を剥いて震え上がった。

西村課長と石原係長、それに最上一課長が顔を見合わせて含み笑った。

「わ、わ、私たちに……ど、どんな責任があるのですか。あ、あまりに……」

「あなたたちの責任は、これから順に教えます。黙って聞きなさいッ！」

日奈はつぶらな黒い瞳を険しくして睨み、幹部連中を一喝した。

そして、ソファに座るゆり子に視線を向けて、

「ゆり子さんはご存じですよね」

と、優しい口調で訊いた。

ゆり子は無言で小さく頷《うなず》いて唇を震わせた。

「橋本巡査長。あなたも知っていましたね」

「え、えっ？　……」

橋本巡査長は狐《きつね》眼を剥いて青ざめ、絶句して生唾をのんだ。

「杉並ＨＡ総合病院を教えたのは、私を試す為でした。でしょう？　あなたにはガッカリです。あなたは二重三重の罪を犯しています。渡辺巡査長に懺悔しなさい」

ゆり子の元カレの橋本巡査長が、不倫相手であることを日奈は鋭い勘で見抜いていた。

「橋本は罪を犯すような者ではありません。私が、保証します」

すぐに、隣に座る上司の中谷巡査部長が赤ら顔で橋本巡査長を擁護した。

すると、日奈がバァーンッ！　とデスクを思い切り叩き、

「黙りなさいッ！　あなたも、同罪ですっ。中谷巡査部長っ」

左手の人差し指を向けて云い放った。

日奈は流し眼を弓子に向けて、軽く頷《うなず》いて合図した。

「はい。２つ目の『職務に係る』ですね」

と、弓子は応えて、張り出していた紙を剥がして、桜道交番の業務日誌から抜粋した部分をプリントアウトして、印をつけて拡大した紙を数枚、ボードいっぱいに手早く張り出した。

日奈は、ボードに張った紙を指差して、

「これは、渡辺巡査長がいじめに遭っていたことを示す、桜道交番の業務日誌の一部です。この中に、渡辺巡査長が日常的にいじめられて、精神的な虐待を受けていることを知らせる、救いを求めるSOSが込められていました」

と云うと、再び中谷巡査部長と橋本巡査長を指差して、

「あなた方２人が共謀して、いじめて精神的に追い詰めていましたね」

と険しい表情で２人を問責《もんせき》した。

「い、云いがかりもいいとこですっ。まったく身に覚えがありませんっ」

「私たちが、渡辺くんをいじめたりするはずがありません」

中谷巡査部長と橋本巡査長が顔色を変えて、立ち上がって否定した。

「私も、２人と同意見です。地域課内でいじめなどは絶対ありません」

清水課長が眉を吊り上げた怒り顔で、日奈を指差して、

「こんな根も葉もない、いじめなどをでっちあげて。ご自分の責任を回避するおつもりのようですが、あまりにもみっともないですよ。鳴海署長っ」

と、憎々しく云い捨てた。

「何度も同じことを云わせないでくださいッ！」

日奈が一喝した。

「私の説明は、まだ終わっていませんッ！　黙って最後まで聴きなさいッ！　後で、いくらでもあなた方の意見は聴きます。但し、反論ができればの話ですが」

と、続けて、

「以後、私の許可なく、一切の発言を慎むように。いいですね！」

黒い大きな瞳の冷たい視線を向けて、無駄な時間を費やす発言を禁じた。

井沢副署長は腕組みして蝮《まむし》眼を瞑り、強く口を結んで一言も言葉を発しなかった。

日奈はボードに張り出した桜道交番の業務日誌から抜粋して、印を付けた部分を指差し示して、いじめの根拠を解りやすく次のように説明した。

●某月某日の業務日誌。担当・渡辺
ご高齢（75歳くらい）のご婦人が、道に迷って交番を訪れた。

●某月某日の業務日誌。担当・橋本
老女が道を聞いてきた。
●某月某日の業務日誌。担当・中谷
年老いた女性が、道を訊きに交番に来た。


「このように、同じ状況でも人柄が文章に出て、誰が日誌を作成したのかが解ります。1年分の桜道交番の業務日誌をすべて確認した結果、95パーセント渡辺巡査長が作成していました。担当名欄は3人が順番に平等に作成したように装っています」

と説明して、

「桐島さん。後をお願いします」

弓子に引き継いだ。

「交番勤務で最も辛くて大変なのは、立ち番勤務と業務日誌の作成です。立ち番勤務は精神的・肉体的に過酷で厳しく、業務日誌は事件発生時に状況証拠資料として使われるので、間違いや抜けが許されず、精神的に凄く疲れます」

交番勤務を体験している弓子が説明した。

「このように、厳しくて過酷で嫌な誰もが避けたい仕事を、橋本巡査長と中谷巡査部長は共謀して、渡辺巡査長に押し付けていました。この行為を世間では『いじめ』と呼んでいるのです。精神的身体的虐待行為に他ありません」

橋本巡査長と中谷巡査部長は蒼白顔で、肩を落として項垂《うなだ》れた。

「渡辺巡査長が自殺した理由の2つ目になりました。2人は罪を犯したことを自覚しなさい」

と云って日奈は、

「渡辺巡査長が業務日誌で、懸命にSOSを発信して助けを求めていたのを、見落とした。または無視した。もしくは、業務日誌をまったく読まずに承認していた」

清水地域課長に右手の人差し指を向けて云い放ち、

「あなたの罪は、軽くはありません。覚悟していなさいっ！」

と、引導を渡した。

井沢副署長が閉じていた蝮《まむし》眼を開き剥いて、清水課長を睨みつけて口を歪《ゆが》めた。

「3つ目の『拳銃』については、次の桜道交番裏公園殺人事件の中で説明しますので、ご了解ください」

と、日奈は述べた。

一息入れるタイミングで、秘書室からホノカと直子と順子がお茶のペットボトルを持って現れ、全員に1本ずつ配って回った。

日奈はペットボトルを受け取ると、3口ほど飲んで喉を潤した。

そして、両手をデスクに突く姿勢で、

「では、桜道交番裏公園殺人事件の真犯人を発表します」

日奈は眉一つ動かさずに平然と、いきなり戦いの火ぶたを切った。

署長室内の全員の顔が、一瞬、時が止まったかのようにピクリとも動かなかった。

日奈はゆっくりと顔を天井に向けて、

「小池警務課長。観ていますよね。署長室へ来てください」

天井の超極小隠しカメラのレンズに、つぶらな黒い瞳の視線を向けて呼びかけた。

そして、ポケットから無線応答マイクを取り出して、

「小池課長を、7階の署長室へ連れてきてください」

署裏の駐車場に停めてある白色の乗用車に乗って、車内で署長室をモニターしている小池を、覆面パトカー3台で、気づかれないように取り囲んで張り込み監視している捜査一課の刑事たちに指示した。

招集するメンバーから小池を除外して泳がせたのは、署長室をモニターしている現場を押さえる為の、日奈が仕掛けた罠だった。

必ず小池は、署長室の状況が知りたくてモニターすると確信していた。

5分足らずで、一課の刑事に小池が署長室へ連れてこられてパイプ椅子に座らされた。

日奈とデスクを挟んで向かって正面右側の井沢の横のパイプ椅子に座る小池が、

「鳴海署長には、正直ガッカリしました。もう少し、賢くて見る眼がある方だと思っていましたが

……」

貧相な顔の広い額のしわを動かして、

「私は、この署長室を管理する警務課の課長ですよ。署長室をモニターするのは、云わば職務の一環です。それを、真犯人扱いするなんて……」

と云って、口を歪《ゆが》めた。

「あの日、飯塚に教えたのはあなたですよね。小池さん」

小池の顔を覗き込むようにして、

「あの日、飯塚をここへ連れてきたのを知ることができたのは、署長室をモニターできるあなただけです。小池さん。墓穴を掘りましたね」

日奈は冷ややかな口調で伝えた。

「云いがかりもいいとこです。署長。飯塚なんて者は知りません」

「そうですか。すべてシラを切り通すおつもりですね。では、仕方がありません。1から始めることにしましょう」

日奈は余裕の表情で、流し眼を弓子に送って開始の合図をした。

「はい。承知しました」

弓子は切れ長の眼を向けて頷《うなず》き、彩乃や順子に手伝わせてボードの全面を被うくらいの大きな紙を張り出した。

その紙には、小池が桜道交番裏公園殺人事件の真犯人とする根拠になる事柄が、時系列で簡潔に羅列されていた。

【桜道交番裏公園殺人事件Ⅰ】

①小池源一郎と飯塚邦夫は、千葉県西習志野市内の習志野東西中学校の同級生
（2人は野球部でバッテリーを組んで、県大会で準優勝をしている）

②14年後、29歳の時に2人は偶然、警察の取調室で再会する
（小池は当時、本庁捜査三課の窃盗担当の刑事であり、飯塚は前科2犯の窃盗常習者だった）

③再会した2人はすぐに意気投合して、互いに利用し合う関係になった

④小池は、窃盗で逮捕した若い女性に恋愛感情を抱き、1年後に結婚した

⑤その新妻は、派手なブランド品を好み贅沢な生活を、夫である小池に要求した

⑥小池は、捜査三課に備品を納入する業者と結託した不正行為が発覚して、懲戒処分を受けて、所轄（墨田南警察署）に左遷された

⑦8年前に、練馬西警察署に配属された

⑧7年前に、妻に要求されて小金井市に新築住宅（7千500万円）を購入した

⑨6年前に、昇進試験に合格して警部になり、新宿中央警察署警務課の課長に就任

「どこか、違っている箇所がありますか？　小池さん」

「さすが、お勉強ができるキャリア署長さんですねえ。概ね、そんなところです」

と、小池は認めて、

「私が、飯塚を知らないと云ったのは、ヤツは前科4犯の窃盗常習者ですからね。警察内での私の立場を考えてください。知っていても、知らないと云うしか無かったのです」

上眼遣いに日奈に視線を向けて平然と釈明した。

「後出しジャンケンをする気ですか？　いいでしょう。では、次に行きましょう」

日奈は小池をひと睨みした後、

「桐島さん。パートⅡを出してください」

と、弓子に指示した。

弓子はすぐに、ホノカらとボードに張り出していたⅠを剥がして、【桜道交番裏公園殺人事件Ⅱ】を張り出した。


【桜道交番裏公園殺人事件Ⅱ】
①15年前。飯塚邦夫は河沢北刑務所で、「姿なき盗人《ぬすっと》博士」の異名を持つ大谷秀樹と同じ房になり、顔見知りになった（刑務所記録資料）
②3年後出所した2人は、時々会うようになるが、秘密主義で仲間や友人を作らない姿なき盗人《ぬすっと》

博士とは、一定の距離を置く関係だった（姿なき盗人《ぬすっと》博士裁判記録資料）

③ある時、飯塚邦夫の仲立ちで、小池源一郎と盗人《ぬすっと》博士が会い、警察と泥棒の双方が得になる案を提案して合意する（推定）

④小池は警察情報を流し、姿なき盗人《ぬすっと》博士と飯塚は謝礼を渡す（推定）

⑤小池は、以前在籍していた本庁捜査三課（窃盗担当）の後輩を抱き込んで、泥棒手配状況を入手して流していた（推定）

⑥姿なき盗人《ぬすっと》博士が、常人には理解不能な自己顕示欲で、警察に出頭自首することを小池に伝えた（推定）

⑦小池は何らかの上手い口実を作って、10月3日午後2時頃に桜道交番裏公園で落ち合った（推定）

⑧小池の狙いは、姿なき盗人《ぬすっと》博士が作成して大切に所持している「泥棒閻魔《えんま》帖」だった（推定）

「泥棒閻魔帖」とは、盗人《ぬすっと》博士が、仕事（空き巣）を完璧に成し遂げた住宅一軒一軒の防犯カメラ情報（ダミー・弱点・性能・死角など）と、家族構成及び職業、帰宅時間や家内の間取り図に現金の置き位置などと合鍵の隠し場所（郵便受け・花壇の鉢の下など）を、事細かに詳しく地図と文章で記録したノートである。

更に、当該住宅周辺地域の防犯カメラの設置場所と種類（ダミーや性能など）と死角を地図に示して、安全な通り道をいくつか確保した情報を添付していた。

泥棒世界では、オークションに出品すれば1億円以上の値が付くと、噂されていた。

この「泥棒閻魔帖《えんま》」さえあれば、泥棒を業《なりわい》とする者は勿論、泥棒の知識がある者（元ドロ三課の刑事）は、空き巣が安全で確実に行える。

つまり、「泥棒閻魔帖《えんま》」は打ち出の小槌《こづち》。短期間に莫大な蓄財が容易に望める宝物だった。

「小池さんは、定年を間近に控えていました。家のローンの返済や浪費家の妻と幼い子が2人いて、どうしてもお金が必要でした」

と、日奈が殺害動機の説明を始めた。

「それで、私が盗人《ぬすっと》博士を殺害したとでも？　ケッ。バカバカしい」

小池は日奈を睨み、

「しかも、そこに張り出した内容は、すべて、あんたの推測じゃないか。これは、もしかして、女子供の刑事ごっこなのか？」

と、開き直って本性を剥きだした。

「女子供の刑事ごっこ？」

日奈は小池に険しい視線を向けて、

「では、その刑事ごっこに少し付き合ってもらいます」

と伝えた。

「小池さんは、『泥棒閻魔帖《えんま》』を何が何でも手に入れようと思い、盗人《ぬすっと》博士が警察に出頭自首する機会を待っていました」

小池が盗人《ぬすっと》博士を殺害した流れにつないで、渡辺巡査長が自殺した理由の3つ目の拳銃の説明を始めた。

小池は拳銃で盗人《ぬすっと》博士を脅して、「泥棒閻魔帖《えんま》」を手に入れようと画策した。

副署長室に自由に出入りできる警務課長の小池は、副署長室に保管してある拳銃の合鍵を使って、渡辺巡査長に貸与されている拳銃を自分の拳銃と取り替えた。

事件当日、交番裏の公園で盗人《ぬすっと》博士と会って、その拳銃で脅して「泥棒閻魔帖《えんま》」を渡すように要求したが、盗人《ぬすっと》博士に拒否された。逆に、「裁判の時に暴露する」と云われ、口封じの為にその拳銃で盗人《ぬすっと》博士を射殺した。

そして、桜道交番で一人立ち番勤務をしていた渡辺巡査長に、

「もしかして渡辺くん。その拳銃は、私のじゃないか？　確認してくれ」

渡辺巡査長に拳銃の記号番号を確認させて、

「やっぱり。私の拳銃じゃないか」

と迫り、渡辺巡査長から拳銃を取り上げて帰った。

警察官にとって、拳銃の紛失は極めて重大事であり、正義感が強くてまじめな性格の渡辺巡査長は、プライベートといじめによって追い詰められていたことも重なり、絶望感と自責の念に堪《た》えら

れずに正常な精神が崩壊して、首を吊って自ら命を絶った。

パトカーでパトロールに出ている中谷巡査部長と橋本巡査長が戻る前に、小池は取り替えていた渡辺巡査長の拳銃を遺体の手に握らせた後、弾を1個補充して腰のベルトのケースに収めた。

そして、デスクの引き出しの中にあった渡辺巡査長の書いた遺書を持ち帰り、破棄した。

「渡辺巡査長が首を吊って自殺したのは、拳銃を携帯していなかったからです」

と、結論付けて、日奈はゆっくり歩いて、ゆり子の前にしゃがむような姿勢になって、つぶらな黒く澄んだ瞳の視線を向け、

「これらが、渡辺巡査長が自殺した理由です。勿論、本人が死亡しているので真実は解りませんですが、私は確信しています」

涙を溢れさせるゆり子の眼を下から見上げるようにして、優しく労《いた》わるように話した。

「し、署長……さん。ありがとう……ございます」

「人生は、悪いことと良いことが代わりばんこに、平等に起きると先人が教えています。後ろは振り返らないで、希望を持って前だけ向いて共に歩きましょう」

「はい……」

「何か、お困りのことがあれば、いつでも相談してください」

ゆり子に寄り添う言葉を掛けて、

「桐島さん。ゆり子さんをご自宅までお送りしてください」

と、弓子に指示をした。

ゆり子の退室を見送った日奈は、ゆっくり歩いてデスクの後ろ側に戻った。

小池がパイプ椅子からスックと立ち上がって、

「では、私も帰らせてもらう。こんな茶番に付き合いきれん」

と、日奈に告げた。

すると日奈は、

「あなたは帰れません。座りなさい」

一瞥《いちべつ》して云い放った。

「冗談じゃないよっ。『泥棒閻魔《えんま》帖』だの渡辺の拳銃で俺が殺害しただの。すべてあんたの作り話の妄想じゃないかっ。何か一つでも物証があるのかっ」

小池は眼を剥いて口角泡を飛ばした。そして、

「どうせあんたのことだから、俺と渡辺の拳銃が、同じ保管庫Bの2段目13番と14番の隣の位置で保管していたので、誰にも怪しまれることなく取り替えられる。それで渡辺の拳銃を使って俺が殺害したのだとほざくつもりだろうが。そんなものは屁の足しにもならない。ケッ」

と、小池は狡猾《こうかつ》に先手を打った。

「おやおや、今度は先出しジャンケンですか？　小池さん。もう一つ理由があります。渡辺巡査長のご実家は、八王子市内でも有数の資産家で知られています。一人息子の渡辺巡査長に借金を執拗

に頼んだが、生真面目な彼に断られて逆恨みしていたのでしょう。これは私の想像です。あしからず」

　ケロッとした顔で渡辺巡査長の拳銃を殺害に使用した理由を、しれっと述べてにやりと笑い、冷ややかな視線でひと睨みした後、

「桐島さん。次をお願いします」

　弓子に軽く手を挙げて合図した。

　弓子は、「はい」と答えて、署長室のドアを勢いよく開けて、

「お待たせしました。どうぞ」

　廊下で出番を待っていた捜査一課鑑識の田村主任を招き入れた。

　田村主任は緊張した表情ながらも笑みを浮かべて、

「鳴海署長のご推察通り、科捜研との合同捜査で、裏付ける結果が出ました」

と、封筒に入れた写真と書類を丁寧に差し出した。

「ご苦労様でした」

　日奈は田村主任から写真と書類を受け取り、弓子に手渡した。

　すぐさま弓子は、拡大された拳銃の写真（指紋位置表示）２枚と検証書類を、ボードに張り出した。

　１枚目の写真は、「渡辺巡査長の拳銃」（殺害に使用された）。

指紋が綺麗に拭き取られた後に、渡辺巡査長の右手指の指紋が不自然な位置と濃薄で付着しており、第三者による作為があったと科学的（科捜研）に証明された。

弾倉に6個の弾装填。内1個に小池の指紋検出。

2枚目の写真は、「小池警務課長の拳銃」（渡辺巡査長の拳銃と取り替えた）。

弾倉右側面に渡辺巡査長の右手人差し指の指紋が検出されていた。

弾倉に5個の弾装填。1個欠落。

（い、いつの間に拳銃を……こ、この小娘……畜生）

小池は額にうっすらと脂汗を浮かべて歯ぎしりした。

「何か反論がありますか？　小池さん」

「ケッ。たとえそうだったとしても、殺人の証拠にはならない」

「ええ。なりません。でも、あなたが渡辺巡査長の拳銃と自身の拳銃を取り替えた事実証明になります。重大な状況証拠でしょう。ですよね。最上一課長」

「はい。小池が渡辺巡査長の拳銃で殺害できたことの裏付け証明になる、極めて重要な状況証拠になります」

最上一課長は日奈に視線を向けて即答した。

渡辺巡査長を容疑者とする3定則が揃っていたので、いくつかの疑念はあったが、外部事情で眼を瞑って送検した。その疑念の一つが、渡辺巡査長の拳銃に6個の弾が装填されていたことだった。

（これで合点がいった……）

最上一課長は満足そうに何度も頷《うなず》いて白い歯をのぞかせた。

「裏を返せば状況証拠に過ぎないということだ。ふんっ」

小池は鼻白んで、

「それよりも、『泥棒閻魔帖《えんま》』なるものが殺害の目的だと云っているが、なら現物を見せてくれ。有りもしないモノをでっちあげて、私を犯人に仕立てるつもりのようだが……あんたは取り返しのつかないことをした。この始末はきっちりつけてもらう」

上眼遣いに日奈を血走った眼で睨み据えた。

「では、現物をお見せしましょう」

日奈は手に持ったスマホにチラッと視線を落として、余裕の笑みを浮かべた。

そのタイミングで計ったように署長室のドアが開き、福岡から急ぎ帰ってきた上杉係長が、

「遅くなりましたっ。鳴海署長っ」

息を切らして満面の笑みで、大きな風呂敷包みを大事そうに抱えて入ってきた。

「お疲れさまです。上杉さん」

日奈は八重歯をのぞかせた可愛らしい笑顔で、上杉係長の労をねぎらった。

デスクの上に置いて、風呂敷包みを広げながら、

「鳴海署長の、お見立て通りでした。これが『泥棒閻魔《えんま》帖』です」

上杉係長は顔の汗を拭おうともしないで、日奈に嬉しそうに報告した。

「な、な……なっ！」

小池は眼を剥いて愕然とした。

日奈は署長室にこもって、盗人《ぬすっと》博士の調書記録資料や裁判記録資料などを警察庁警視正の職権を駆使してかき集め、一語一句残らず読み解いた。

そして、頭の中のコンピューターがフル稼働して、答えをはじき出した。

盗人《ぬすっと》博士の両親は会社を営んでいたが、企業詐欺に遭い、莫大な借金を背負う極貧生活に落とされた。7歳の時に両親が相次いで亡くなり、天涯孤独の身になった。

腹を空かせた極貧が原因で泥棒世界に身を投じたが、両親への想いは変わらず、朝晩欠かさず手を合わせて拝むほど信仰心が篤《あつ》かった。

寺院が望める部屋に住んでいたのは、それが理由だった。

福岡県久留米市田川町大字米原4015番地の本籍地にある北園中寺の墓地に、両親が眠る墓があった。

両親の命日には必ず訪れていることを、寺の住職が教えてくれた。

上杉係長からコンビニのレシート紙片を受け取ったあの日、帰りの電車の中で、『店の案内地図』の広告看板を車窓から視界にとらえた瞬間に閃き、殺害目的が『泥棒閻魔《えんま》帖』だと解ってから少し時間はかかったが、（盗人博士《ぬすっと》が泥棒閻魔帖《えんま》を隠す場所は、ここしかない）と、頭の中のコンピューターが、親愛なる両親が眠る墓の中だと解答していた。

「これが、あなたが喉から手が出るほど欲しくて、人殺しまでした盗人博士《ぬすっと》が作成していた『泥棒閻魔帖《えんま》』です。その眼でしっかり見なさいっ」

「泥棒閻魔帖《えんま》」を手で掲げて叱りつけるように云った。

「ふん。さすが賢い超エリートキャリア署長さまだなあ。よくそれを見つけた。褒めてやるよ。だがなあ、そんなモノは殺人事件では付録に過ぎない」

小池は日奈を睨みつけた後、

「ですよねえ。最上一課長。一課長からも教えてあげてください。この小生意気なボンクラ小娘キャリア署長に。あははははっ」

と、最上一課長に視線を向けて笑った。

「小池さんっ。無礼にもほどがありますよっ。口を慎みなさいっ」

横の席に座る副署長の井沢が、堪《たま》りかねて蝮《まむし》眼で睨みつけて注意した。

「おやおや、あんたほどの人が女の署長に尻尾を振るとはなあ。見損なったよ。ケッ」

「何とでも云えッ。このクサレ外道《げどう》がっ」

と、井沢が吐き捨てた。

「あの野郎〜っ。ふざけやがって〜っ」

「慌てるな、石原。鳴海くんを見ろ。これからが本番だ」

西村課長が眼鏡の奥のギョロ眼を細めて、顎を撫でながらにやりと笑った。

視線の先の日奈は、(もう手加減しないわよ)と、つぶらな黒い瞳をキラリと光らせて、上唇を舌でペロッと舐めながら腕まくりをした。日奈が本気モードに入るルーティンだった。

このスイッチが入るともう誰も敵わない。

「では桐島さん。始めましょう」

勝負開始の指示を出した。

弓子は顔を紅潮させて頷《うなず》き、大股で署長室のドアへ向かい、

「お待たせしました。どうぞ」

廊下で満を持していた捜査一課の刑事たちに伝えて、室内へ招き入れた。

「まず、これをどうぞ。鳴海署長」

都内タクシー会社に捜査協力要請して、当該日時頃に桜道交番裏公園前の道路を通過したタクシーを調べ、ドライブレコーダーの映像記録を確認した結果を取り出した。

「3台のタクシーに映像記録があり、小池の姿が2台に記録されていて、あとの1台に被害者が公園に入る姿がありました」

「ご苦労様でした」

日奈はプリントアウトした写真を受け取って、軽く頭を下げて労をねぎらった。

続いて、後に控えていた5人の刑事から、

「署長ご指定の、ビルの上階室内外の防犯カメラの映像記録チップの写真です」

封筒から取り出した十数枚の番号が記された拡大写真を手渡された。

直子と順子が、桜道交番裏の公園を中心にした拡大衛星写真をボードいっぱいに張り出した。その衛星写真の公園周辺のビルには、それぞれ目立つ赤色で番号が付されていた。

日奈はボードの前に立って、

「事件現場の公園が見渡せる周辺ビルの上階室内にある防犯カメラの映像から、10月3日午後2時頃に窓越しに2人が写っている部分をプリントアウトしたものです」

と、説明して、

「桐島さん。お願いします」

手に持っていた写真を弓子に渡した。

「はい」と、弓子は答えて、受け取った写真の番号とビルの番号を合わせて、その位置に手早く写真を張った。

ボードいっぱいに張り出された拡大衛星写真が、タクシーのドライブレコーダー映像記録写真と周辺ビル上階室内の防犯カメラの窓越し撮影記録写真で埋め尽くされた。

小池は顔面蒼白になり、唇を小刻みに震わせてがっくり肩を落として、虚ろな眼で恨めしげに写真を眺めていたが、（何だ……これは）と、卑しい面相の顔を上げて、

「やっぱり女は所詮、女だなあ。アハハハッ」

生気が戻った眼を日奈に向けた。

そして、パイプ椅子から勢いよく立ち上がって、

「こんな写真が、殺人の証拠になると本気で思っているのか。アホかっ。ボケッ」

ボードに張り出された写真を指差して、日奈を口汚く罵った。

張り出された写真のいずれにも、小池と盗人《ぬすっと》博士の姿は確認できるが、画像が粗くて顔の判別は難しく、本人だと法的に証明するのは無理があった。

一般に普及している防犯カメラは性能的に劣るので画素数が少なく、遠距離で、しかも拡大した写真では仕方がなかった。

日奈はボードに張り出された拡大写真を、つぶらな黒い瞳で眺めながら、

「7番ビルと9番ビルの間が方向と角度はバッチリだったのね。なら」

と、顎に左手の人差し指を当てて意味深につぶやいた。

小池は、ここぞとばかりに鼻息を荒くして、

「これだけの大騒動を引き起こして、俺を殺人犯呼ばわりした責任は取ってもらう。すぐにでも、名誉棄損で訴えるからな。覚悟してろっ」

と、息巻いて椅子から立ち上がった。

「鳴海くんらしくないなあ……防犯カメラの記録映像でとどめを刺そうとするとは」

「はい、課長。白黒キッチリつけなければ気が済まない性格の鳴海警視正が、こんな平凡で手ぬるい手段でケリをつけようとするとは、正直思いませんでした」

「おそらく鳴海署長は、この事件の解決を通じて、人の眼からは逃れてもカメラの眼からは逃れられないことを広く知らせて、犯罪抑止効果を狙っていたのではないでしょうか」

最上一課長が擁護する解説をした。

「なるほどなあ。鳴海くんの考えそうなことだ。ああ見えて欲が深いからなあ。事件解決と犯罪抑止の2つを同時にやろうとしたのだろう。ハハハ」

「だとしたら、確実にとどめを刺す強烈な2の矢を用意していますね」

「ああ。抜け目なく他に保険をかけているに違いない。鳴海くんが殺人犯をみすみす逃がすはずがないものなあ」

秘蔵っ子の日奈の性格と気性と実力を知り尽くしている西村課長は、日奈がとどめを刺す痛快な次の一手を繰り出すのを予測して、期待に胸を高鳴らせてギョロ眼を輝かせた。

帰ろうとする小池に向かって、

「あなたは帰れないと云ったはずです。座りなさいッ」

日奈が啖呵《たんか》を切った。

(やっぱりな)と、西村課長が満足そうに会心の笑みを浮かべた。

そのしばらく前。

日奈から大トリの大役をもらって、丸く小さな眼を三角にして任務を成し遂げた千広は、パジャマ姿でスリッパを履いたまま病院を飛び出した。

病院前で客待ちをしていたタクシーに乗り込み、

「新宿中央警察署へぶっ飛ばして行って頂戴っ。それっ。行けーッ！」

元ヤンの気合で運転手に発破をかけて、速度違反を強制しながら走行させて向かった。

途中でコンビニに寄って、写真を最大に拡大してコピーした。


（小娘……まさか……他に何かの証拠を？）と、日奈が余裕の表情で、手に持ったスマホに視線を落として八重歯をのぞかせて、時折ニヤッと不気味な笑みを浮かべていたのを見て、小池は不安な感情に襲われていた。

その時、突然、バァーンッ！　と、勢いよくドアが開き、

「鳴海警視正っ。やりましたっ。大当たりですッ！」

髪を振り乱して、パジャマにスリッパの千広が飛び込んできた。

「あらっ。千広ちゃん来たの？　送信してくれればいいのに」

「えへっ。こんな大役は、私の人生では二度とないと思って。ベッドになんか寝ていられませんでした」

「ありがとう。千広ちゃん」

千広に満面の笑みで礼を云って、

「凄いわ。まるでポスターみたいね。綺麗に撮れてる」

千広から手渡された写真のコピーを満足そうに眺めて確認した後、

「桐島さん。お願いします」

弓子に渡して、5枚の写真コピーをボードに張り出すように頼んだ。

拡大された写真コピーには、小池と殺害された盗人《ぬすっと》博士の姿が、まるで4、5メートル離れた位置から撮影されたかのように、鮮明に写っていた。

小池の広い額のしわが一本一本確認できた。

拳銃は何かに包んで消音していたことは窺《うかが》えるが、写真では確認できなかった。

だが、小池が盗人《ぬすっと》博士を殺害した証拠になることは確実であり、この時点で小池が桜道交番裏公園殺人事件の容疑者と断定された。

「こ、こ、こんな……し、写真を。……い、い、一体どこから?」

小池は額に脂汗を浮かべて、驚愕の表情で食い入るように血走った眼で凝視した。

奇跡的な偶然の産物だった。

2か月前の桜道交番裏の公園は、3年ごとに行われている公園内の生い茂った樹木の大規模伐採作業中だった。公園は、遊具などが無い緑地保護目的で都が管理していた。

この公園は一見何の変哲もないが、形が歪《いびつ》だった。

その歪《いびつ》な形が、伐採して出来た樹木の形と地面の芝生が上手く合致して、神秘的な姿に生まれ変わった。

日奈が、公園の衛星写真を角度や方向を変えて見ていて、

「あれっ……これって。うわっ、凄い」

思わず声に出したくらい喜んだ。

一定の方向と角度から見下ろせば、綺麗な絵に描いたような鮮やかな「緑のハート形公園」に見えることが解った。

そして、日奈の頭の中のコンピューターが働いて、その一定の方向と角度が確保できる場所をはじき出した。

地上202メートルに位置する都庁第一本庁舎45階の南展望台だ。そこには2台の望遠鏡が設置されていた。

そこから見下ろせば、思わず息をのむくらいに綺麗な緑色に輝くハート形公園が拝める。

写真映えすることは間違いないので、数多くの来場者がスマホのカメラで写真や動画を撮っていると日奈は確信していた。

最新のスマホのカメラ性能は驚異的であり、遠距離だが、「緑のハート形公園」を撮影していれば、拡大機能で小池の顔を確認できることが解っていた。

そこで、スマホ操作の達人でSNSで遊んでいる千広に、10月3日午後2時頃の都庁南展望台

で、緑のハート形公園を撮影した人を探してくれるように頼んだ。

千広は跳び上がって喜び、昔のヤンキー仲間を動員して、大掛かりにSNSで呼びかけたところ、驚くほどの反響で次々に写真が送られてきた。

すでに「緑のハート形公園」は、展望台から拝むと恋が成就するとの噂が口コミで広まっていて、公園をスマホで撮影する目的で訪れる者も少なくなかった。

11月中旬頃から紅葉が始まって、緑のハート形公園は自然消滅して、新緑シーズンになるまで二度と眼にすることができなくなる。それが人気に拍車をかけていた。

「ほらっ。鳴海警視正。観てください。動画もこんなに」

千広が小さく丸い眼を輝かせて、嬉しそうにスマホの画面を日奈に観せた。

「ウ〜ム。とどめの2の矢も……他力本願のカメラ頼りだったとは……しかも、千広のヤツに仕事を与えて花を持たせてやる計略も含んでいたとはな。まったく」

日奈が啖呵《たんか》を切って、動かぬ証拠を突き付けて、一刀両断に小池を切り捨てる痛快な場面を期待していた西村課長は、想定外の地味な幕切れに苦笑した。

「ですが課長。鳴海警視正はカメラで事件を見事に解決して、狙い通りに事件解決と犯罪抑止効果の2つを同時にやってのけました」

「さすが鳴海署長です。作成された捜査設計図は完璧でした。凄い方です」

最上一課長は満面の笑みで、日奈を称賛する言葉を嬉しそうに述べた。

「ちっ、畜生ーっ！」

日奈に引導を渡されて、人生の終わりを通告された小池は、卑しい獣の性根を剥きだした。隠し持っていたナイフを握り締め、鬼瓦の形相でパイプ椅子を蹴るようにして勢いよく立ち上がって日奈に襲い掛かった。

その瞬間。

バキッーッ！

ドスッ！

「グァギャーッ！」

弓子の回し蹴りが後頭部に、石原係長の足刀蹴りが横っ腹に、同時に左右から炸裂した。

小池は断末魔の悲鳴を上げてぶっ倒れた。

一瞬の間にすべてが終わった。

「殺人容疑、及び銃刀法所持の現行犯で逮捕するッ」

上杉係長が小池の両手を後ろに捩《ね》じ上げて手錠をかけ、部下の刑事4人が担ぎ上げて引きずるようにして連行した。

署長室内は嵐が去った後のように、緊迫感が残った異様で静粛な空気が漂った。

「少しお話しさせてください」

日奈はデスクの後ろに立って、おもむろに喋り始めた。

「今回の2つの不幸な忌《い》まわしい事件が起きた背景には、副署長をはじめあなた方幹部の怠慢が影響しています。己の保身と面子《めんつ》にしか関心がなく、同僚課長や部下の道に外れた行動を見過ごしてきました。責任を問うつもりはありませんが、反省してもらいたくて出席を要請しました」

署長命令で出席を要請した理由を説明した後、

「警察官には、拳銃所持と人を逮捕して拘束する絶大な権限が与えられています。その裏には、真の警察であらねばならぬ責務があることを、忘れてはいませんか」

心に沁みる言葉を述べた。

署長室内が一瞬にしてピーンと張りつめた緊張感漂う空気になり、全員が息を殺すようにして耳を傾けた。

「この新宿中央警察署には、一部の方を除いて真の警察官がいないと感じています。漫然と日々の仕事をするサラリーマン化して、警察官の誇りと使命感・正義感・緊張感が欠落しています。仲間を思いやり助け合う気持ちがまったく見えません」

少し語気を強くして、

「コレが、今回のような事件を引き起こす土壌になっています」

と、断言した。

そして、つぶらな黒く澄んだ瞳をキラリと光らせて、

「私がこの新宿中央警察署の署長でいる限り、真の警察の志を持つ警察官以外の署員はこの新宿中

央警察署は必要としません。それを放棄した署員は全員、他の署への異動願を5日以内に提出してください」

常識はずれの爆弾通告をした。

「ほ、本気ですか？　し、署長っ」

正面に座る井沢副署長が蝮《まむし》眼を剥いて、少し腰を浮かせて日奈の本意を質《ただ》した。

「勿論、本気です」

と、日奈は即座に答えて、

「次に、この署内での女性蔑視と差別を禁じます。絶対に許しません。この署に残籍を希望する署員は誓約書を提出して戴きます。以上です」

淡々と述べた後、

「どうぞお帰りください」

井沢らの退室を促した。

井沢らは全員立ち上がって日奈に一礼した後、緊張した顔で次々に署長室を後にした。

「う〜む。鳴海くんは……また、とてつもなく大きな重い荷物を背負い込んでしまったなあ。性分とはいえ……困ったもんだ」

西村課長は腕組みして眉間にしわを寄せて、苦笑いを浮かべた。

そこへ、日奈が軽い足取りでやって来て、

「どうも〜っ。お疲れさまでした〜っ」

八重歯をのぞかせた可愛らしい笑顔で、明るくねぎらいの言葉を掛けて、

「あらあら。すっかり老け込みましたねえ。やっぱり歳には勝てませんか？　課長」

顔を覗き込むようにして、茶目っ気たっぷりに軽口を叩いた。

「このヤロ〜ッ。人の気も知らないで。能天気なヤツだ。ガハハハーッ」

西村課長はギョロ眼で睨みながら、楽しそうに高笑いをした。

だが、心優しい日奈が、心の中を隠して明るく振る舞っているのは解っていた。

「それにしても、お前。よくそんな恰好で平気で出歩けるなあ。恥ずかしくないのか？」

「あらっ。このパジャマは鳴海警視正に、入院祝いにプレゼントしてもらったんですよ。どこにだって着て行けますよ。ねえ、警視正」

「あのね、千広ちゃん……」

「入院を祝うバカがどこにいる。ホントにこいつは底なしのアホだなあ」

西村課長が呆れ顔で千広を指差して、日奈と眼を合わせて笑った。

そこへ、弓子が困った顔で走り寄って、

「タクシーの運転手が無賃乗車で訴えると騒いでいるそうなのですが、どうしましょうか？　鳴海署長」

日奈の耳元で囁いて訊いた。

「あっ。すっかり忘れてた。タクシー代払ってなかった。キャハハハッ」

千広が茶髪ショートカットの頭に手を置いて笑った。

「もう。千広ちゃん。お願いだから、私に逮捕させないでよ」

日奈が笑いを堪《こら》えて千広を睨み、

「じゃ、そのタクシーで千広ちゃんを病院へ送り届けて、私はそのまま横浜の自宅へ帰りますので、その旨を運転手さんに伝えてください」

と、弓子に云って、

「そういう訳ですので、お先に失礼します。今日は本当にありがとうございました。日を改めてご挨拶に伺わせてもらいます。では」

西村課長ら3人に挨拶もそこそこに制服のまま、千広と連れ立って大急ぎで署長室を出て、署の玄関前で騒いでいるタクシーへ向かって走った。

日奈と千広が飛び出して行く後ろ姿を眺めながら、

「やれやれ。署長になっても変わらんなあ……落ち着きがない」

西村課長がギョロ眼を細めて、思わず小言を漏らして白い歯を見せた。

弓子の陣頭指揮で、ホノカや彩乃らの警務課の警官が総出で、パイプ椅子やらボードを運び出して、応接セットや署長の椅子などを運び入れて大急ぎで元に戻した。

応接セットの4人掛けソファに巨体の西村課長がデンと陣取って座り、テーブルを挟んだ1人掛けのソファ2つに石原係長と最上一課長がそれぞれ座って寛いだ。

西村課長は眼鏡の奥のギョロ眼を宙に向けて、

「まあ……結果的には解決させたからいいものの……鳴海くんらしくなかったなあ。あまりにも平凡だ……狙いはあったにせよすべてカメラに頼るとはなあ」

と、正直な感想を不満そうに漏らして愚痴《ぐち》った。

秘蔵っ子日奈の実力と気性と性格をよく知っている西村課長は、小気味よく啖呵《たんか》を切って真犯人を問答無用に地獄に叩き落とす痛快な場面を想像して楽しみにしていたのがはぐらかされて、フラストレーションが溜まっていた。

「確かに、この事件解決を利用して犯罪抑止効果を狙っていたのは解りますが……一歩間違えれば仕留め損なうとこでした」

「だろ。どうも腑に落ちない。あの鳴海くんがそんなヘマをする訳がない」

「ええ。間違っても真犯人を逃しはしないはずです」

「ああ。いつもの鳴海くんなら、確実に立証できる策と手段を練り上げて実行するハズだ。どうもおかしい……もしかして鳴海くんは他に何か保険を？」

「間違いありません。課長。保険です。小池に『あなたは帰れません』と、念押ししていたのは、確実に仕留める保険を握っていたからです。合点がいきました」

「おい。最上。さっきから押し黙っているが、何か知ってるな？」

「い、いえ……わ、私は何も知りません」

最上一課長がガラにもなく狼狽《うろた》えた。

「き、桐島くん。どうなんだね」

タイミングよくコーヒーを淹れて運んできた弓子に振って逃げた。

「えっ？　わ、わ、私に訊きます？」

不意を突かれた弓子は一瞬たじろいだが、

「一課長もお人が悪いですねえ。私を見縊《みくび》らないでください」

切れ長の涼しい眼で軽く睨んで意味深な笑みを浮かべた。

最上一課長の指示で、弓子が運転して日奈が同乗した黒色の覆面パトカーには、5日前から一課の覆面パトカー2台が気づかれないように距離をとって警護に付いていることを、弓子は初日から知っていた。

つまりあの日、MAホテルに鳴海署長が小池の妻の明美を呼びつけて何かをしたことは、部下の報告で最上一課長は知っていたはずである。

その何かが、何であるかの予測もついていた。

日奈は警察に残ると決めた時から、あらゆる捜査手法や手段（FBIを含む）を学んで、豊富な捜査知識があった。この事件の解決手法と手段を2つ選び出して実行した。

1つ目の手法は、明美を呼びつけ、小池を3日後に殺人容疑で逮捕する旨を告げて、

「あなたに1度だけ、選択するチャンスをあげます」

地獄への切符と救いの札を同時に切り、巧みに鬼仏の心理操作捜査手段を用いて、ひと癖もふた癖もある明美を瞬殺した。

結婚する前の明美は、前科2犯の元窃盗常習者だった。

当然、盗人《ぬすっと》博士の「泥棒閻魔《えんま》帖」の存在と価値を知っていて、小池同様に喉から手が出るほど欲しかったのは間違いない。

小池をたきつけて、「泥棒閻魔《えんま》帖」の入手を企てたが失敗した。それどころか小池が口封じで盗人《ぬすっと》博士を殺害する予定外の最悪の事態を招き、飯塚までも殺害した。

小ずるい明美は、愛情のかけらもない小池を生涯己の奴隷にして縛る目的で、犯行の一部始終を詳細に聞き出して録音していた。

性悪女の明美だが、2人の子供に対する愛情は深く、子供を守る為なら命でも捨てるような覚悟の母親でもあった。万が一にも共犯で捕まって、幼い2人の子供を残して刑務所にはいることは、何としても避けたい一心の明美は、

「この中に、小池の自白を録音した証拠が入っています」

殺人犯の小池を見限って、罪のない幼い子供を救えるように日奈に哀願した。

こうして日奈は、小池を確実に仕留める強固な証拠の保険を握っていた。

「どうやら鳴海くんは、俺が期待していた真犯人を一刀両断に切り捨てる痛快な保険を、しっかりかけていたようだな。だろ？　ウフフッ」

緊張して顔をこわばらせている弓子を、鬼のギョロ眼でひと睨みした。

「すみません……。西村課長。口が裂けても、たとえ殺されても私の口からは、一言たりとも申せません」

弓子は切れ長の眼を向けてきっぱり云い切った。

「それでいい。それでこそ鳴海くんの秘書だ。大変だろうが、これからもよろしく頼むぞ」

「は、はいっ。精いっぱいやらせて戴く覚悟ですっ」

秘蔵っ子日奈が、期待通りの保険をかけていたことが解った西村課長は、一転してすっかり機嫌がよくなり、

「これで一件落着、万々歳なのだが。これで終わらせないのが鳴海くんだからなあ。困ったもんだよ。まったく。ガハハハッ」

豪快に笑って座を和ませた。

「ですね。また、とんでもないことを、始めてしまいました」

石原係長が強面の顔を緩めて白い歯を見せて苦笑した。

「はい。この新宿中央署に大ナタを振り下ろしました」

「どうやら、鳴海くんの一か八かの大勝負は、こっちだったなあ」

「ええ、課長。いずれ何かやるだろうとは思っていましたが、まさか就任して1か月余りでこんな爆弾を投下するとは……いつものことながら度肝を抜かれました」

「さすが西村さんの秘蔵っ子ですねえ。やることなすこと破天荒で恐ろしい」

と最上一課長は首をすくめて、

「ついていけません。ハハハッ」

愉快そうに笑った。

あれもこれも、日奈にとっては損にはなっても何一つ得はない。すべて警察を良くしたいと願う一心での行動であることを、西村課長と右腕の石原係長、それに新たに日奈のバックについた最上一課長の、警察を代表するような大物3人は知っており、全力で支えることを決意して覚悟していた。

3人は日奈を話題にした話が尽きずに、笑顔満開でいつまでも談笑していた。

(こんなお3人に、これほどまで支持されているなんて……本当に鳴海署長は魅力的な凄い人物だわ)と、弓子は心の底から感じ入り、秘書として側で働けることを嬉しく思った。

終　章　勝負の結末

「うわぁ〜っ」

千広が飛び上がらんばかりに驚いて奇声を上げた。

そして、小さな丸い眼から大粒の涙をぽろぽろ零しながら、

「も、もう、私……いつ死んでもいい……です」

涙と鼻水が一緒に流れ落ちてぐしゃぐしゃの顔で、心の底から喜んだ。

千広は2日前に無事に退院した。

日奈と西村課長は生涯忘れられないくらいな豪勢な退院祝いをしてあげると、約束していた。

一見客は入れない超有名な赤坂の老舗高級料亭「夢湖亭」。

部屋の中央にデンと置かれたテーブルは江戸時代のモノで、所狭しと並べられた蟹とフグと肉などは、眼にしただけで幸せになれる豪華絢爛そのものだった。

「いつまで洟《はな》垂らして泣いてるんだ。早く食え。せっかくの料理が冷めるだろ。馬鹿者が」

西村課長が千広をなじったが、眼鏡の奥のギョロ眼は優しい眼差しだった。

「ほらっ、千広ちゃん。蟹が好きなんでしょう。私の分も食べていいわよ」

「すみません。鳴海警視正……私、フグの方が」

千広が日奈の分のフグ刺しに箸を伸ばした。

バシッ！

「んも～っ。甘えるんじゃない。フグは駄目っ」

千広の箸を払いのけて、つぶらな黒い澄んだ瞳で睨んで笑った。

「まったく。君らは子供か。ガハハハーッ」

西村課長と石原係長は顔を見合わせて、楽しそうに大口を開けて笑った。

日奈が頓智《とんち》の利いたジョークを連発して、千広とはしゃいで座を盛り上げるので笑い声が絶えず、楽しい思い出に残る千広の退院祝いになった。

蟹雑炊が運ばれてきて宴が終わる頃に、

「こんな場で何だが……明日だろ？」

西村課長が酒の回った赤ら顔で、日奈にギョロ眼を向けて訊いた。

「はい。通告の期日は明日です」

「最悪……７００人の署員が団結して牙を剥く可能性がありますね」

石原係長が呑みかけの盃をテーブルに置いて、心配そうに日奈に視線を向けて云った。

「ご心配ばかりかけて……すみません」

「だが、君のことだ。最悪の事態に備えて手は打ってあるんだろ」

「はい。課長にお口添え戴いていたお陰で警察庁と、最上さんのお口添えで本庁に直談判して承諾を得ています」

「なら、心配ありませんねえ。安心しました」

「ですが……一時しのぎに過ぎません。単に振り出しに戻るだけです。一歩も前には進めません。解ってはいたのですが……道のりは遠いです」

「だな。男尊女卑の排除は一筋縄ではいかんぞ。大昔から連綿と続く慣習で一種の思想のようなものだ。宗教の信仰心と同じで、国家権力を用いても取り除くのは難しいのが人の心の中の思想だ」

「はい……私が無知で浅はかでした。男尊女卑は物や形ではなくて人の心の中の思想でした」

日奈はつぶらな黒い瞳にうっすらと涙を浮かべた。

「それを、男の人と同等以上の力を持つ女がいることを見せつければ変えられると、単純に思い込んで突っ走ってしまいました……恥ずかしいです」

両膝の上に置いた小さな拳を握り締めて、唇を噛んで項垂《うなだ》れた。

人前で決して弱音は吐かない日奈だが、恩師のような存在で唯一甘えられる西村課長の前では、本音をさらして心細くて不安な心情を吐露した。

「おいおい、どうした。鳴海くんらしくないなあ。しおらしく反省なんぞして。ガハハハ」

「そうですよ。鳴海警視正。大成功しているのに、何を反省するのですか」

石原係長が楽しそうに白い歯をのぞかせて微笑んだ。

「え？　……大……成功って……私が、ですか？」

「そうだ。そのつぶらな黒い大きな眼をかっ開いて、眼の前の俺と石原を見ろ」

「課長と……石原さん？」

日奈はいぶかしげに小首をかしげた。

「自分で云うのも何だが、俺と石原はれっきとした男尊女卑の崇拝者だった」

「そうなのですよ。警視正」

千広が出番とばかりに首を突っ込んで、

「こちらのお2人は、鳴海警視正が刑事局三課に来られる前までは、それはそれは酷い女性蔑視の親玉だったんです。私ら女性職員は犬猫以下の扱いだったんですから」

口を尖《とが》らせて一気にまくし立てて、

「お2人の場合は、男も女もひっくるめて脅して叩き潰すから、解りにくいんです」

小さく丸い眼を向けて解りやすく解説した。

「お前はすっこんでろっ！　この馬鹿者がっ！」

「ほらねっ。私には今でもこうですから。ウヒヒッ」

「課長と石原さんが……女性蔑視を？」

「ああ。こいつの云う通りだった。意識したことはなかったが、男尊女卑が当たり前の思想だったことは確かだ。それが……いつの間にか消えていた」

「私もまったく課長と同じです。鳴海警視正の側で仕えながら、優れた才覚と人物に触れている間に自然に……」

「そうだったのですか……」

日奈は頬を少し赤らめて、嬉しそうに八重歯をのぞかせてはにかんだ。

「君のやり方は間違ってはいない。現に、君の実力を見知って変わった俺と石原もそうだが、あの殺人事件捜査本部会議から君を締め出した張本人の、一課の上杉と一課長の最上を見てみろ。あの2人も女性蔑視が当たり前だったんだぞ」

「驚きました。あの上杉が、鳴海警視正の下で嬉々として動いていましたからねえ」

「まったくだ。最上などはまるで鳴海くんのファンだぞ。笑っちゃうだろ。仮にも本庁捜査一課長がだぞ。ガハハハッ」

西村課長は豪快に笑い飛ばした。

「これで解っただろ。鳴海くんのやり方は正解だ。男尊女卑を無くすには、男と同等以上に戦える女がいることを知らしめる以外に方策は無い。それを知ることで、無意識のうちに自然と変わっていくものだ」

「警視正、自信を持ってください。一朝一夕にはいかないでしょうが、鳴海警視正らしくやり切ってください。我々は何があろうと、たとえ全警官を敵に回そうとも、常に後ろについている同志で味方です」

「そうだぞ。鳴海くん。思いっ切りやりなさい。骨は拾ってやる」

温かく力強い励ましを受けて、沈んで折れかかっていた心に力が蘇り、いつもの明るくお茶目な自分を取り戻すと、日奈はいきなりスックと立ち上がり、

「では、1曲唄わせて戴きます」

と、云うが早いか、よく通る澄んだ声を張り上げて得意の演歌を、小節を利かせてアカペラで唄い始めた。

「うお〜っ」

西村課長と石原係長が手を叩いて大喜びすると、

「あらえっさっさ〜ほいほい」

と、千広がへんてこな踊りをしてバカ騒ぎをした。

格式高い有名老舗料亭の上品な女将が、眉を吊り上げた。

この日以後、西村課長はこの料亭に出入り禁止になったという噂が、界隈で流されていた。


いよいよ通告期日の当日。

新宿中央警察署内は嵐の前の静けさのような、不気味な雰囲気を漂わせながら、一刻一刻、700人の署員が出した答えを知る瞬間が近づいていた。

日奈は普段とまったく変わらず、いやむしろ、つぶらな黒く大きな澄んだ瞳をキラキラ輝かせ

て、爽やかな可愛らしい顔が一段と映えていた。

デスクの上に積まれた書類を、一つひとつ丁寧に確認して承認する署長の仕事を、テキパキと片付けているところへ、

「ただいま戻りました」

女性警官からの誓約書を、部下のホノカや彩乃らと手分けして回収していた弓子が、デスクの前に大股で来て声を掛けた。

「ご苦労様でした」

日奈は作業の手を休めて、微笑みを浮かべた顔を上げて黒く澄んだ瞳の視線を向けた。

「これが、新宿中央署に在籍する女性警官、146名全員の誓約書です」

弓子が手に持っていた誓約書の束をデスクの上に置いた。

「私たちの誓約書も含まれています」

ホノカと彩乃が顔を紅潮させて、持っていた誓約書の束を並べて置いた。

「ありがとう。ホノカちゃん。彩乃ちゃん」

日奈は八重歯をのぞかせて2人に礼を述べた。

すると弓子が、

「私の誓約書は含まれていません」

切れ長の眼を向けながら、端正な顔をほころばせて白い歯を見せた。

「紙の節約ですね」

と返して、日奈はニッコリ笑った。

弓子はそのままデスクの横に立って残り、２人は秘書室へ軽い足取りで戻った。

日奈は女性警官１４６名の誓約書を、一枚一枚丁寧に確認した。

日奈の澄んだ眼に、涙が溢れだしてきた。

どの誓約書にも、

『鳴海署長。必ず、真の警察官になります。このまま在籍を希望します』

『これまでの何倍も頑張って、真の警察官になる覚悟です。署に在籍を希望します』

『応援しています。鳴海署長さん。是非、新宿中央署に在籍させてください』

『鳴海署長の下で働けて幸せです。真の警察官になることを誓います。在籍希望』

『甘えていたことを反省しています。真の警察官を志します。残してください』

と、女性警官たちの心意気が表されていて、日奈は涙が止まらなかった。

「鳴海署長。女性警官全員が、真の警察官を志すことを誓って、新宿中央署に在籍を希望していま
す。全員が、鳴海署長の下で働けることを嬉しく思い、感謝しています」

弓子が切れ長の眼に涙を浮かべて、女性警官を代表して気持ちを述べた。

日奈は堪《こら》えきれずに、ハンカチで顔を被って声を出して泣いた。

（純真で……純粋な、ほんとに心の綺麗な方だわ）

弓子は改めて日奈の人間性に触れて、心から感動した。

日奈は泣きはらした眼で、女性警官の誓約書を何度も読み直して、嬉しそうに可愛らしく八重歯をのぞかせて微笑んだ。

「問題は……男、いや男性警官ですね」

弓子が少し遠慮気味に話しかけた。

「まさか……全員が、他の署への異動を希望するとは思えませんが……割合ですね。鳴海署長は、どの程度を予想されていますか？」

「全員です」

日奈は迷わずに平然と、云った。

「えっ、そ、そ、それじゃ、553名の男性警官が全員、ですか？」

「ええ。はっきりした自分の考えを持たない主体性のない人種は、主流の動きと同一の行動をすることが、統計上確定しています」

（さすが……国家公務員総合職試験を歴史的な成績でトップ合格した方だわ）と、弓子は日奈が即答した根拠を理解した。

「確かに、鳴海署長のおっしゃる通りです。全署員に云えることですが、自主性がまったく感じられません。しかも、この署では井沢副署長の意に背ける署員は一人もいません。井沢さんが右を向けば……おそらく全男性署員が」

弓子は切れ長の眼を険しくして、悔しそうに唇を噛んだ。

「それだけに、女性警官全員が井沢さんの意に背いて、勇気を出して一歩を踏み出してくれたのが嬉しいのです」

「はい。期待はしていましたが……一人も欠けることなく、鳴海署長の意を理解して勇気を出してくれました。嬉しい限りです」

「私としては、女性警官146名の方々が賛同の意志を示してくれたことで、充分です」

「男性警官も内心では賛同していると思いますが……ただ、女性蔑視と差別をいきなり禁じるのは……少しハードルが高すぎるかもしれません」

「桐島さんらしくありませんね。勘違いしていませんか？」

日奈が上眼遣いに険しい視線を向けた。

「マイナスを単にゼロにするだけです」

「あっ、そ、そうです。そうでした」

「女性警官が何か得をしたり利益を得る訳ではありません。でしょう？　人として、当たり前のことを当たり前にしましょう、と云っているに過ぎません」

「おっしゃる通りです。ハードルなどと……卑屈になっていました」

「人権を無視あるいは踏みにじるような者は、元々警察官になる資格がないのです。資格のない警察官は一人たりとも、この新宿中央警察署には在籍させません」

日奈は凛として毅然たる姿勢を示して云い切った。

(凄いわ……まったく動じていない。揺るぎない信念を持って覚悟をしている)

弓子は体の中を熱い血が駆け回るのを感じ、武者震いをした。

そこへ秘書室からホノカが気を利かせて、淹れたてのコーヒーを2人分運んできて、

「どうぞ」

と、カップを載せた皿をデスクに置いた。

「あらっ。ホノカちゃん。どうもありがとう」

日奈はにっこり微笑んで、カップを左手で持って口に運び、

「う〜ん。いい香り」

眼を細めてコーヒーの味を愉しんだ。

弓子は、切れ長の眼でじろりとホノカの顔を睨み、

「何か、掴んだのか?」

顎をしゃくって訊いた。ホノカの性質を知り尽くしている弓子は、噂のネタを嗅ぎまわっている
ホノカが、何かの上ネタを掴んだ顔をしているのがすぐに解った。

「はい。とっておきの」

ホノカは丸い眼鏡の奥のたれ眼をキラキラ輝かせて、喋りたくてうずうずしていた。

「内勤外勤の男性警官の誓約書は、それぞれの課と部署の長が集めて、副署長室に次々に持ってい

きました。課長が逮捕されていなくなってしまった警務課の男連中の分は、副署長が直に集めていましたから、おそらく男性警官の誓約書はすべて副署長室にあります。今、幹部連中全員が集まって副署長室でなにやら密談しています」

と、ホノカは顔を紅潮させて、小鼻を広げて得意げに喋った。

ネタを喋り終えたホノカは満足顔で、さっさと軽い足取りで秘書室へ戻った。

「これでもう……決まりですね。鳴海署長」

「ええ。望むところです」

日奈は腕組みして、つぶらな黒い瞳の視線を宙に向けて、不敵な笑みを浮かべた。

午後7時を少し回った時刻に、署長室のドアがコンコンとノックされて開き、

「遅くなりました」

井沢が太い眉を動かしながら、悠然と入ってきた。

井沢の後ろから、林刑事課長や清水地域課長らの幹部連中が全員、少し緊張した面持ちでドカドカと入ってきた。

(よかった……この時間なら、楽に9時までには帰れるわ)

日奈は帰宅時間が予定より早くなったことを喜んで、嬉しそうに含み笑った。

井沢が緊張した顔で、

「女警官の誓約書はすべて受け取っていますね」

と、蝮《まむし》眼を向けて訊いた。

「ええ。午後3時に受け取りました」

日奈は上眼遣いに井沢に視線を向けて、後ろの時計を指差した。

午後7時過ぎに井沢らが来たことを、あからさまに非難する態度を見せつけた。

「遅くなって、申し訳ありませんでした。色々と確認する必要があったものですから、この時間になってしまいました」

井沢は釈明して口の端を上げた。

「では、早く済ませましょう」

せっかちな日奈は、井沢に冷たい視線を向けて促した。

「解りました。では」

と、井沢は応えた。

「新宿中央署の男署員の誓約書は、これらです」

自身が持ってきた警務課の誓約書と、林課長らが持ってきた誓約書をデスクの上に並べて積み上げるようにして置いた。

そして、井沢はデスクに両手を突いた姿勢で、

「一枚一枚、署長が確認するまでもなく、男警官全員同じ誓約内容です」

日奈の顔を覗き込むようにして、明るく少し弾んだ声で伝えた。

「誓約内容は」

井沢が続けようとした言葉を、

「男性警官全員の誓約内容が同じなら、後の説明などは結構です」

日奈は即座に遮って、

「ご苦労様でした。お帰りください」

と、井沢と幹部連中の退室を促した。

結果の解っている回りくどい話を聴かされるのが、せっかちで竹を割ったような性格の日奈は子供の頃から嫌で、すぐに遮って終わらせていた。

「署長の言葉が、聞こえなかったのですかっ」

弓子が眉を吊り上げて、井沢らに向かって牙を剥いた。

「鳴海署長は、以前に子供の頃からせっかちで、人の話を最後まで聴かないでよく失敗したと、話してくれましたが……うふふっ」

と、井沢は含み笑った。

「ん？」

日奈は腕組みして怪訝《けげん》な表情で、井沢に上眼遣いの視線を向けた。

「男警官の誓約内容は、全員、鳴海署長の通告を受け入れて、この新宿中央署に在籍を希望しています。全署員が同じ誓約内容でした」

井沢が蝮眼《まむし》を細めて、嬉しそうに白い歯をのぞかせて続きの説明をした。

「えっ？　……全男性警官が在籍……希望？」

日奈がオウム返しして眼を瞬《またた》かせた。

（う、う、嘘でしょう……信じられない）

弓子が切れ長の眼を剥いて、端正な顔をこわばらせて一瞬よろめいた。

「遅くなったのは、一部の署員からの提案についての対応を、話し合っていたからです」

井沢が遅れた理由を説明して、

「どうでしょう、署長。女性蔑視の件は、即時ではなくて徐々に無くしていくことにすれば、スムーズに解決できます。勿論、最終的には完全に無くします」

と、一部の署員の提案を代弁して伝えた。

バァーンッ！　日奈が思い切りデスクを叩いた。

「勘違いしないでくださいッ！　女性蔑視は、刑法より格段に重い日本国憲法に違反しているのですっ。憲法第13条の基本的人権の尊重に違反しているっ」

日奈は椅子から立ち上がって、井沢らを険しい眼で睨みつけた。

「徐々にですって？　甘ったれたことを云わないでくださいッ。即時即刻以外は認めませんッ。持ち帰ってくださいッ！」

デスクの上に並べ積み置かれた男性警官の誓約書を、バァーン！　と叩いた。

日奈は猛烈に怒っていた。

これまで長きにわたり、女性蔑視と差別を受け続けてきた女性警官たちの、屈辱や悔しさを知る日奈は、井沢ら男どもの「女性蔑視を無くしてやる」と、思い上がった本心が透けて見えて、許せなかった。

「署長の言葉が聞こえませんでしたかっ。退室してくださいッ！」

弓子が切れ長の眼を鋭く光らせて、井沢ら幹部連中に声を荒げて告げた。

弓子は日奈の言葉に奮《ふる》い立ち、共に戦う決死の覚悟をした。

「ち、ち、ちょっと待ってください。署長。こ、こ、これはあくまでも、提案であって。却下されることは承知の上でしたが……間違いでした。すみません」

と、井沢が蒼白顔で深々と頭を下げて謝罪した。

後ろに控える幹部連中も、蒼白顔で唇を震わせて深々と頭を下げた。

「実は……却下されることを見越して、即時即刻実施で全男警官一致の在籍希望を揃えて提出する為に、時間を費やしていたのです」

井沢が蝮《まむし》眼を向けて必死に釈明して、

「つい、私が……余計なことを云って、署長を怒らせてしまいました」

ばつが悪そうに少し顔を赤らめて苦笑いをした。

日奈はゆっくり椅子に座り、

「ウ〜ム……」

眉間にしわを寄せて眼を瞑って、難しい顔で腕組みして考え込んだ。

「何かまだ他に……お気に障《さわ》ることが？」

井沢が蝮《まむし》眼を弓子に向けて、不安気な表情で訊いた。

すると弓子は、

「当然でしょう。井沢さんたちが、これまで私を含めて女性警官たちに何をしてきました？　どんな仕打ちや所業をしてきましたか？　忘れたとは云わせませんよ」

井沢や居並ぶ幹部連中を睨みつけて吐き捨てるように云った。

「そ、それで……署長は？」

「ええ。私が全部、署長に話していますから……井沢さんたちが、手の平を返したのが信じられないのですよ。私も、信じていません」

「一言もないな……」

「どうせ、一時しのぎでごまかそうとしているのは、お見通しですよ。この期に及んで、署長を侮《あなど》ると叩き潰されますよ」

「すべて身から出たさびだが……俺は……女……いや女性が許せなかったんだ」

井沢は蝮《まむし》眼にうっすらと涙を浮かべて、数十年封印して誰にも話していない過去の怨念《おんねん》を訥々《とつとつ》と吐露した。

幼い頃から井沢は、男に貢《みつ》いで挙句に捨てられた母親と、父親が違う姉に酷い虐待を受けながら育った。母親と姉の、愚かで醜くて汚らしく軽薄な生き様が眼に焼き付いて消えなかった。施設に入れられた後も、女性職員数人に人間らしく扱われなかった。

井沢は女性を見ると反吐《へど》が出るくらいに、嫌い、憎み、蔑《さげす》むようになった。

女性を見下して軽蔑して卑下して認めなかった井沢だが、（こんな女がいるのか……凄い……とても敵わない）と、年若くて小柄で華奢な可愛らしい顔の日奈が、エリートキャリア身分の保身などどこ吹く風で意に介せず、小気味よい啖呵《たんか》を切って、男連中をまとめて叩き潰す底知れない才覚を見せつけられて眼が覚めた。

人の価値は性別に関係ないことを、強烈に実証して示された井沢は、（女の鳴海署長から見れば、男の我々が見下されて卑下され蔑視される逆の立場だと、思い知らされた……）と、完全に敗北を認めた。

加えて、純真で心優しく正論と正義を貫く姿勢に、感動すら覚えている自分に驚いた。

これが、井沢が女性蔑視を改める気持ちに変わった背景だった。

幹部連中と553名の男性警官全員が、井沢とまったく同じ思いを抱いていた。

「桐島くんから……署長に……頼むよ」

井沢が太い眉を曇らせて困窮した顔で弓子に口添えを頼んだ。

（どうやら、本心みたいね）と、弓子は井沢の表情から判断して、

「鳴海署長。受け入れてはどうでしょうか」

と、進言した。

「困ったわ……どうしょう」

日奈は、憂鬱《ゆううつ》な顔で力なくつぶやいた。

「何か……問題が？」

「ほらっ。男性署員の方々は、全員、井沢さんの意に沿って、通告を拒否して他の署への異動を希望するハズだったでしょう」

「あっ、でした。それを見越して……署長が一昨日」

「そう。警察庁と本庁に直談判して、男性警官553名の総入れ替えをする承諾を得て、準備が進んでいるんです。先ほど本庁から、進捗状況の知らせがありました」

（ご、ご、553名の男署員全員を……そ、総入れ替えする気で準備を始めていたとは……ほ、本当にこの方は……お、恐ろしい）

「う、嘘だろ……」

井沢がぞっとして背筋を凍らせた。

「どうしましょう？　ねえ、桐島さん？」

「わ、わ、私に振らないでくださいっ」

弓子が切れ長の眼を細めて、顔の前で手を振って笑いながら後ずさった。

「井沢さん。どうしたらいいですか？」

「い、い、いや。わ、私には……」

井沢が慌てて尻込みした。

「あ〜あ。あした警察庁と本庁に……どの顔してお詫び行脚《あんぎゃ》に行けばいいの？」

大きなため息をついて、

「井沢さんが悪いんですよ。私の予想を裏切るから」

上眼遣いに、恨めしげにつぶらな黒い瞳の視線を向けて、八重歯をのぞかせて笑った。

「署長の予想を裏切ってすみません。ハハハハッ」

井沢が吹っ切れたすがすがしい顔で、蝮《まむし》眼を細めて楽しそうに腹の底から笑った。

幹部連中全員が、満面の笑みで互いに顔を見合わせて、声を出して笑った。

「では、鳴海署長。よろしくお願いします」

「はい。井沢さん。こちらこそ、よろしくお願いします」

井沢が差し出した大きくごつい右手を、日奈は小さく可愛らしい右手でしっかり握った。

林課長や清水課長らの幹部連中全員と、固い握手を交わしながら短い言葉を掛け合って、力を合わせて新宿中央警察署を真の警察署にすることを誓った。

井沢や幹部連中が次々に、署長室を軽い足取りで後にするのを見送った後、

「鳴海署長……よ、よかったです」

「桐島さん……ありがとうございました」

日奈と弓子は涙を浮かべた眼で見つめ合って、これまでの出来事が脳裏に蘇った2人は感情が込み上がり、堪《こら》えきれずに手を取り合って泣き崩れた。

署長就任前夜に枕を濡らしながら、女性蔑視の悪《あ》しき慣習をぶち壊すことを決意し、覚悟を決めて挑み、見事に成し遂げた。

そして、全署員が誇りと正義感、使命感を持つ真の警察官を志す警察署に生まれ変わらせた効果は、すぐに現れた。


半年後。

全国警察署調査統計評価ランキングが警察庁より発表された。

犯人検挙率・犯罪事件軽減率・不祥事件数・署内環境・管轄内市民評判など25項目を調査統計（5年定期）した結果の点数で、順位がつけられていた。

日本最大の歓楽街・歌舞伎町が管轄で犯罪発生件数が最も多い新宿中央警察署は、他の署に比べて大きなハンデがあり、全国1160署の中で前回は1154位だった。

今回の総合ランキング1位は、誰一人予想できなかった新宿中央警察署だった。

真の警察官を志す署員が在籍する新宿中央警察署は、すべての項目で最高点を獲得して警察関係者全員を驚嘆《きょうたん》させた。

全国警察署のトップ規模を誇る新宿中央警察署は、名実ともにトップ警察署に君臨した。

警察庁で大々的な表彰式が行われ、新宿中央警察署と、鳴海日奈署長と井沢副署長が功績を称えられて表彰された。

こうして日奈は、13年前に透お兄ちゃんを殺した腐った警察を抹殺して、真の警察に生まれ変わらせる壮大な目的に向かって、狙い通りに一歩前進した。

「お祝いに、1発撃ってもいいですか？」

「だ、だ、駄目ですっ！　だ、誰か、鳴海署長を止めてーっ」

「やっぱり駄目？　残念。えへっ」

日奈は八重歯をのぞかせて可愛らしく、首をすくめてペロッと舌を出した。

純真で心優しく、笑うことと笑わせることが大好きな明るくお茶目で、争いごとが大嫌いな日奈だが、時には心で泣いて鬼と化して戦ってきた。

おそらく、この先も変わらない。

過ぎた昨日は糧《かて》にして、
明日は夢に描き、
今日の、今、一瞬を日奈は精いっぱい生きていく。

終わり

本作はフィクションです。

著者プロフィール

平塚 清徳（ひらつか きよのり）

1949年生まれ、福岡県出身。

田川商業高等学校卒業後プロボクサーを目指して上京するが、眼の問題で断念。各種の職を転々とした後、漫画家になる。

週刊少年マガジンや他の漫画誌で連載（ペンネーム・ひらつか清）。

37歳の時、漫画家と兼業で探偵事務所を池袋で開設。

連載漫画誌の休刊を機に漫画家を廃業。

65歳で探偵事務所を廃業して故郷の福岡へ帰る。

現在は、便利品発明の特許取得（現時点10件・内２件商品化検討中）を趣味にして、田舎暮らしの気楽な半隠遁生活を満喫中。


著書『純真鬼姫警視の復讐』（2022年、文芸社）

純真鬼姫警察署長 交番謎の自殺事件

2024年７月15日 初版第１刷発行

著 者 平塚 清徳
発行者 瓜谷 綱延
発行所 株式会社文芸社
〒160-0022 東京都新宿区新宿１－10－１
電話 03-5369-3060（代表）
03-5369-2299（販売）

印刷所 図書印刷株式会社

ISBN978-4-286-25435-7